Poetry Construction

詩 | 建设

3

2011.11　总第三期

作家出版社

《红领巾》20X30cm 丁山 画

目 录 CONTENTS

跨界

笔记

细读

建设

翻译

開卷
DECOIL

詩 | Poetry Construction
建设

沈苇

1965 年生,浙江湖州人。1988 年进疆,当过教师、记者,现为新疆作协专业作家,《西部》杂志总编。曾获鲁迅文学奖、刘丽安诗歌奖等。主要著作有诗集《在瞬间逗留》《高处的深渊》《我的尘土 我的坦途》《鄯善鄯善》《新疆诗章》,评论集《正午的诗神》《柔巴依:塔楼上的晨光》,散文集《新疆词典》《喀什噶尔》《植物传奇》等。其中诗集《新疆诗章》、散文集《新疆词典》和自助旅行手册《新疆盛宴》被誉为跨文体"新疆三部曲"。

安魂曲（11 首）

七月五日

一百九十多具尸体之上的一百九十多种灾难
像一百九十多个幽灵，飘荡在冒烟的天空

现在，悲伤是一种血脉、一个主宰，维系了彼此
在掀翻的屋顶下，愿上帝饶恕这屡屡失败的人性

被唤醒的魑魅魍魉，走街串巷，小试狰狞
恐惧，将城市变成它乐意居住的绿洲

改写版《混血的城》

时隔十年，如此混血了：
是死者之血
与死者之血
的混血

是失去头颅的老人的血
烧焦了的打工仔的血

扔下天桥的妇女的血
割掉乳房的姑娘的血
被一脚踩死的婴儿的血
身负重伤的游客的血
停尸房里无法辨认身份者的血
医院里不再醒来的植物人的血
……的混血

是汽车的血
建筑物的血
绿化带的血
馕铺子的血
缝纫店的血
小超市的血
方便面的血
矿泉水的血
牛奶的血
蔬菜的血
……的混血

这还是十年前我理想的
混血之城吗？
倘若天空有眼、有记忆
今天它就是混血的天空
连钢筋、水泥也在颤栗
大巴扎的英吉沙小刀在发抖

时隔十年
我的语言深受重创
我的诗歌目瞪口呆
我用这一首《混血的城》
推翻、改写另一首《混血的城》

哀 哉

哀哉,夜色下的罪孽和疯狂!
"以无花果和橄榄盟誓……
我确已把人造成具有最美的形态,
然后我使他变成最卑劣的。"
"他们确是作恶者,
但他们不觉悟。
……他们的归宿是火域,
那床铺真糟糕!"

哀哉,一轮受伤的天山明月!
"复活时临近了,
月亮破裂了。"
"当眼目昏花,月亮昏暗,
日月相合的时候,在那日,
人将说:逃到哪里去呢?"

哀哉,曙光的怯懦!
"我求庇于曙光的主,
免遭他所创造者的毒害,
免遭黑夜笼罩时的毒害。"
"当天破黎的时候,
天将变成玫瑰色,
好像红皮一样。"
"真主从怯懦创造你们,
在怯懦之后,又创造强壮,
在强壮之后又创造怯懦和白发……"

哀哉,正午的黑暗!
"那一日的长度是五万年。
你安然地忍受吧。"
"他们在毒风和沸水中,
在黑烟的阴影下……痛饮沸水,

像害消渴病的骆驼饮凉水一样。"

哀哉，我的修辞、我的哑口无言！
"每一个有气息的，都要尝死的滋味。"
"你们绝不能获得全善，
直到你们分舍自己所爱的事物。"
"行一个小蚂蚁重的善事者，将见其善报；
做一个小蚂蚁重的恶事者，将见其恶报。"
"乐园将被移到敬畏者的附近，离得不远。"
"……他必以安宁代替他们的恐怖。"
……

夏日的颠覆

一声惨叫颠覆一首新疆民歌
一滴鲜血颠覆一片天山风景
一阵惊恐颠覆一场葡萄架下的婚礼
一截棍棒颠覆一棵无辜的白杨树
一块飞石颠覆一座昆仑玉矿
一股黑烟颠覆一朵首府的白云
一具残尸颠覆一角崩塌的人性
一个噩梦颠覆一个边疆的夏天
一个夏天颠覆一整部《新疆盛宴》

依旧是，却是……

依旧是边疆的蓝天白云
却是一个破屋顶残余的装饰
依旧是瑰丽雄奇的天山
却是刚从地狱中升起的山
依旧是庄严高耸的圣寺
却闪着生涩而暧昧的光

依旧是一地流淌的阳光
却多像明晃晃的刀丛
依旧是安详、寂静的大地
却打开了潘多拉的盒子
依旧是我们的"美丽牧场"
却穿越了人间的"丑陋牧场"
依旧是形色匆匆的人群
却抱着人质般破碎的心

幸存者

说吧,说幸存者未定的惊魂
逃过了夏日劫难
死者用他们的死,保住了生者的命
你、我、他:罹难的一体

逃吧,人们逃向
喀纳斯、那拉提、巴音布鲁克
向风景寻求援助和抚慰
大地依旧美丽、镇静
但风景沉醉于自娱自乐
不能用来疗伤

——逃向哪儿
都带着一颗乌鲁木齐的心!

逃出被罪恶砍了一刀的城
逃出布满凶险和伤痕的街区
逃出被死亡击中的心
黑暗日子选中的无助子民
脚步依旧停在原地

——新疆时间,停在了这个夏天

一座伤城，搁浅在 7 月 5 日

说吧，说幸存者
是死亡减法仁慈的遗漏
说吧，说我们更像剩余的影子
拥有恍恍惚惚的肉身

如果我们看上去悲痛难抑
是因为刚刚亲历了地狱
并不在乎你们称我们为活着的死者

说吧，说说这个夏天的远方
直到说出——
幸存者的罹难史比死者更加漫长……

安魂曲

拿什么来安慰这些亡灵
这些死不瞑目者？

恐惧和悲痛传向他们要去的世界
惊醒古老的亡灵、地下的先辈

拿什么来安慰这些亡灵
这些死不瞑目者？

早逝的先人走过来了，怀抱这些
肢体不全的孩子，哭泣

拿什么来安慰这些亡灵
这些死不瞑目者？

他们睁大的眼睛再也看不见蓝天白云

我替他们看，看得羞愧，满面泪流

拿什么来安慰这些亡灵
这些死不瞑目者？

诗歌无力安慰，语言已是哑巴
今天还在唱歌跳舞的人是可耻的

拿什么来安慰这些亡灵
这些死不瞑目者？

他们无法合拢的眼睛看着我们
看着我们的生命和断肠

拿什么来安慰这些亡灵
这些死不瞑目者？

请在他们眼睑上放一朵新疆玫瑰吧
请用一小块玉石让他们合眼、安息

爱与诅咒

实用主义毁了我的第一故乡
用了三十年时间
暴力毁了我的第二故乡
只用一个瞬间

——第三故乡？
它尚未诞生，那远景
也不会出现在
心灵统计学的无序图表上

在爱与诅咒中

我有了白发
变成一个中年老朽
烟，抽得更凶
酒，只能喝出愤怒和悲伤

我认识虚假繁荣下的神话：
心灵，像家乡的泥一样掏空
我熟悉暴力阴影下的真相：
恐惧，一种致命的传染病
罪责，只是隐秘、暧昧的酵母
这，构成了我的个人命运
每日每夜的集体命运

有时是虚无
有时是梦的溃败
中间踩不到真实的大地

寂静的耻辱，寂静的光

寂静的耻辱，寂静的光
仿佛时间的迷彩和伪装
站立起来的高高低低的柱子：
远山、楼宇、树木、人……
操场上的阴影，一个涂炭的印迹
旗帜下移动黑色几何形
请保持它，保持这失神的片刻

"在被推翻、践踏之前，
垂直事物纷纷变成了耻辱柱。"
而生活必须继续——
所以引擎在加力，一边冒着虚汗
是生活陷入了怯懦的虚妄
还是多样的命运在惯性中推进？

"这罪恶，是单数替复数犯下的，
是个人替众人作的孽……
而复数归于寂静，众人化为幻有。"
碎片似的，当整体分崩离析
甩出命运扭曲的轨道
或者箭一样，发射进虚无
只有纯净的骨灰
还有，寂静的耻辱，寂静的光
在天空布下鬼魅的西域图景

对　话

——你来自哪儿？

"我不是南方人，
也不是西北人，
是此时此刻的乌鲁木齐人。"

——你有什么悲伤？

"我没有自己的悲伤，
也没有历史的悲伤，
只有一座遗弃之城的悲伤。"

——你想说点什么？

"有形的墙并不可怕，
可推，可撞，可拆，可炸。
无形的墙却越升越高……"

——你站在哪一边？

"我不站在这一边,
也不站在那一边,
只站在死者一边。"

片　断

……切身的,超然的
为了记忆,为了遗忘
他们活在一种罕见的较量中

难道记忆出了差错
还是遗忘爱上了人类?
眼前事物,恍如隔世
如同石崖上长出了苔藓

但,请看看被掩盖的真相:
当下的恶与古老的恶
正同桌畅饮,弹冠相庆

像一层黎明的薄雾
薄雾的忧郁,薄雾的暧昧
笼罩了岩礁的尖锐
当历史说出"吃人"二字
他们则相信"暴力＝历史"

内心的较量旷日持久
影响了灯光、面容、笔触
当一个夜晚变得清晰可辨
冗长的白昼却越发模糊不清

安魂曲外编(5首)

郊外的烟囱

烟的乱发,垂挂下来
像秋天蔫了、枯了的瓜藤
如果它们还是烟
一定被天空的什么重物压住了
如果它们还是烟
一定是烟囱的喉咙出了什么问题
如果它们还是烟
为什么像几顶瘪塌的帽子?
如果它们还是烟
是否记得升腾的烟、兴奋的烟?

乌鲁木齐东南郊。旷野上
发电厂的三个烟囱多么突兀
旁边是穆斯林的墓地
一场葬礼刚刚散去
哭泣也刚刚停息
在黄昏,在暗下来的光线中
无人还在旷野徘徊
发电厂的烟囱

就像三座新立的墓碑

"这里的烟,更喜欢下降。
就像烟堵住了烟的升天……"
住在附近的一位居民说
他的目光投向旷野:
一页记忆残缺的毛边纸
夕阳中,烟囱显得如此高大
而此刻的烟,变成了
我眼中下降的半旗
仿佛在为一个无名的亡灵
默哀,让路——

我已经遗忘

我已经遗忘
春天还会开花
树会绿,草坪会醒来
人们会在街头散步
带着孩子、狗,有时停下来
对着飞舞的小蜜蜂发呆
在一片受伤的土地上

在一片受伤的土地上
在冰雪掩埋的冬季坟场
我已经死过一回
不再属于这个地方
但不像逃离者一样仓惶
瞧,颠沛流离的春天回来了
她的好意微微带点调侃

她的好意微微带点调侃
还有那些年轻的面孔

闪烁的大腿、微风中的裙裾
是对报纸和谎言的反讽？
老天爷知道，留下来的，
不是一堆石头、木头和傻瓜
命运的斜拉线纵横交错
"嗞嗞嗞"传输负荷和电压
将自我和众生
变成颤栗的一体

变成颤栗的一体
仿佛是期盼已久的结果
已经遗忘，其实不会忘却
我不属于一个地方
在经历了血腥、腐烂和严寒之后
在季节的自我更替之后
时间赋予的朦胧力量
又回到了受伤的土地
回到了我身上

喀什的早晨

你们好啊，早起的乌鸦
在喀什的早晨，一群又一群
仿佛碎纸片在飞翔

一座远山，一抹朝霞
中间夹着瞌睡的城池
屋顶上夹竹桃谢了
电视天线，像紊乱的思绪
沾染了微温的初雪

老城升起的炊烟
容得下一匹骆驼的馕坑

在喀什的早晨
不知烧掉了多少白杨！

在翔云酒店十二楼
我眺望喀什初冬的早晨
眺望这个世界
和世界之外的……
天边，飘过一朵呆头呆脑的云
可以肯定，它不是阿拉伯飞毯

而在我左下方，是鸽子们
喜欢停留、吵闹的塑像
喀什的荣誉市民——毛主席
身穿呢制大衣，头戴红军帽
手指寂静的人民公园

寂静还在这个早晨加深、变浓
让我忘了自己的来路去踪
在此时、此地，醒来——
看见喀什噶尔：一座荒凉的城
带点积雪，坐在冰山脚下
搁浅在晨光里
一种风情，还有几个绿洲亲戚
一种遗忘，只拥有沙漠观众

豆哥的早餐
——赠豆妹

他饮下一杯牛奶
吃了半个意识形态化的馕
几颗吊死在树上的杏干
有时佐以残忍的玫瑰花酱
烤肉和抓饭就免了吧

并不适合一大早的胃口

打开窗户，他吃了一口
丝绸之路上的空气
吃下葱岭的冰、塔里木的沙
楼兰的胡杨泪、尼雅的红柳灰
吃下边地部落消失的鼓乐
远去驼铃消散的故事和传奇
或许，还吃了点
海市蜃楼里的残羹剩菜

走在街上，他步行去上班
一边吃着自己的沉思默想
感到肚子已经饱了
一路上，都是从昨夜或去年
惊醒过来的人：
认识了一日长于百年的人
是的，他必须腾出最后的胃口
吃下他们脸上的愁容
残留在内心的坚硬噩梦
吃下北门的低泣、南门的哀嚎……

他感到自己就是他人
是每一个擦肩而过
但息息相关的陌生人
他和他们，仿佛一阵风
便能吹散、吹走的影子
继续奔跑在受伤的土地上
——他吃下了遗忘
这是比白日梦更加丰盛的
豆哥的早餐

登雅玛里克山

悼词般的鸟群埋葬在云层里
落在树上的,发布新春致辞
叽叽喳喳一片,催醒新芽
杏、桃、榆叶梅、馒头柳
像一群懵懵懂懂的听众
气喘吁吁的市民亦加入其中

什么样的土地?什么样的城?
雾霭笼罩,效仿内心的苍茫
好比身体的潜艇,浮出海面
残雪与新芽,是一个对称
它们的交谈,不会久长
雅山塔与红山塔,隔空相望
为山顶增高不多的几米
赭红色之塔,用来躲避邪气
青灰色之塔,像一个厚道古人
还有一些鸟儿,像匆忙的邮差
在塔与塔之间,来回飞翔……

什么样的时节?什么样的光?
树、塔,升起;人,匍匐又攀登
有时,步履高过了头顶
有时,踉跄掉进了深渊
凭借怎样的无言祈求
天空终于展露明媚的一角?
凭借怎样的内心挣扎
博格达升起一朵胖乎乎的云?

安魂曲后记
沈苇

一

但愿我永远不会写下这些诗，也希望你们永远读不到这样的诗，如果暴行不会发生，罪恶不会挑战人类的极限，恐惧不会颠覆我们的语言……但暴行还是发生了，就在我的眼前。

它不是诗，只是一份诗歌记录，一份亲历档案。它会从一个角度告诉你们，这个夏天，我生活的城市乌鲁木齐究竟发生了什么。

由于7·5事件，我个人持续二十年对新疆理想化的表达和描述已被顷刻"颠覆"，"新疆三部曲"(《新疆盛宴》、《新疆词典》和《新疆诗章》)已被我深刻质疑。我悲哀的"一厢情愿"，是一个幸免于难者顺水推舟的怀疑，还是一位热爱边疆、热爱新疆多民族文化的移民更加有力的爱？

从现在起，思考与反省是诗人要做的工作，也是语言的责任。做一个受伤的理想主义者和哀伤的人道主义者吧，穷其一生，呼唤一种绝对的人道主义精神！正如一家有良知的国内媒体针对这一事件指出的那样：无互爱，不人类！

这就是我的"旷野呼告"，我的"乌鲁木齐安魂曲"，我的从语言尸骸上站起来的新语言。

谨以这些微弱的诗行慰藉死者之亡魂、生者之惊魂。

二

现在才恍然有悟：我来新疆二十多年，从一个浙江人变成一个新疆人，写了十几本书，热爱边地之美，聆听异域教诲，视他乡为故乡，其命数之一是遭遇一个惊人的时刻，一场比战争更加骇人听闻的悲剧，写下这部《安魂曲》，用诗歌和暴力、阴暗、不义交战，用诗的语言去保卫支离破碎的人性。

遗忘是人之本性、人之技能，《安魂曲》的写作则是为了记忆——给历史留下一份诗歌体的记忆档案。当然，通过诗歌要记取的不是仇恨、屠戮和血腥，而是倾吐内心的情感、思考和诉求，进而呼唤爱、仁慈和友善，呼唤民族和解，彼此尊重和宽容。毕竟，新疆各个民族的人民，还要在这块土地上共同生存下去。

但是，语言的呻吟和诗歌的无用性也是一个事实。卡夫卡说："诗人比社会平均值更小、更弱。"希尼则认为"诗歌从未阻止过一辆坦克"。与其说诗歌是一个战士，还不如说它是一个保姆——保卫基本的人道和人性。受伤的人道和人性，在这个夏秋的乌鲁木齐变成了哭泣的瑟瑟发抖的婴孩。

面对这个处境，还有严重的焦虑和忧心，也许我最终是一个失败的保卫者。但我不想回避，无权沉默，反对失语。这里的人们已切身体验和预感到：悲剧乃是拯救的必由之路。所以我更愿相信："哪里有危险，哪里便能得救。"庆幸的是，这一点绝望中的指望我们尚未丢失。

当痛苦反对痛苦的时候

耿占春

在 8 月初的西宁，由于青海湖诗歌节的机缘，我又看到了沈苇，这次相聚仅仅时隔一个多月，然而沈苇的面容却被改变了，尽管我知道他的面相一直被西域所改变。被改变的是他与一个地域的关系和话语。我拿着沈苇的组诗《安魂曲》，心里沉甸甸的，如其所说：这就是我的"旷野呼告"，我的"乌鲁木齐安魂曲"，我的从语言尸骸上站起来的新语言。除了 7·5 事件本身，值得关注的，就是这样一种"从语言的尸骸上站起来的新语言。"《安魂曲》文本自身就是一个重要的事件，与之对位的事件，它的诞生意味着关于新疆或西域的叙述话语和抒情话语发生了悲怆而深刻的改变。当然，我看到的不仅是一种新语言，还有新旧语言的混杂，是诗人在一种双重语言机制下的言说，或者说，旧的语言仍然滞留在尸骸中，而新语言正在站起来，像它的灵魂。作为与外部事态对位的一种叙述话语，值得关注的还有诗人语言内部的断裂、不连续性和内在冲突，难道它不是整个事件的一部分、整个冲突与矛盾的一部分吗？

从最初的洋溢着辉煌的自我意识的巡礼一样的西域诗篇到沉痛的《安魂曲》，沈苇提供了当代诗歌一个充满例外的范例。这是一个诗人对社会的严峻事态做出的诗歌表述，我意识到《安魂曲》的写作几乎是没有先例的事件。诗人注明《安魂曲》的写作时间、地点是："2009.7.7—7.31 于乌鲁木齐"。社会领域发生的重大事件除了官方语言及其陈旧的新闻话语，文学与思想表述几乎总是一个空白。这就是沈苇《安魂曲》出现的背景和意义。7·5 不只是一个短暂的纯属偶然的新闻事件，它将产生极其深远的影响，甚至可以说，这是一种事态的开始。因此,对这一事件的诗歌叙述也格外值得人们研读、思索。毕竟,这是一个富有良知的个人对事件发出的至少在主观意义上独立的声音。自从看到这些诗篇,我就知道自己面对着一场并不自由的对话。我们长期以来都在绕着一些核心的事态打转,尽可能避开不能言说的痛苦,而且决意忘掉被迫沉默的尴尬。然而诗人或诗歌的阅读与对话,拥有一些修辞学的自由空间。这个空间、语言下的自由既受控也有逃逸之路,有逼近之路。修辞学意味着我们可以通过言说别的事物而迂回至我们期望抵达与指向的地点。修辞表达的意义还在于知道表达的非确然性,在言说的同时保持着对未能言及之物的感知,以及随时准备修正自身认知的权利。

沈苇的诗毕竟第一次如此直接处理了发生在我们身边的敏感经验与问题。他的勇气在于不回避如此触目惊心的、难以言说的事态。在事态并不明朗、置身传言四起的事件发生地,他以诗歌话语带来了一种透视,投来一束认识的光。不是说诗人能够为我们带来关于事态的前因后果的叙述,而是把我们带向一种伦理认知的焦点。就我个人的阅读,我从这些诗篇中读出了一个诗人的良知、勇气与独立言说,也遇到了某种程度上的偏见、羞怯遮掩和隐蔽性的意识形态话语的痕迹。也许这已经是一种政治无意识。这样说不意味着我的一己阅读与评说是一种尺度,除了对话本身所蕴含的争议之外,指出诗中的某些问题大概也是因为我同时也在以“他人”的眼光来阅读这些诗篇。这些批评更应该是属于“他者”的。因为,我和沈苇一样,期待着他者,期待着维吾尔读者或其他民族的读者阅读这些诗篇的叙述,而不只是写给所谓的“自己人”的。长期以来,一种自我封闭的意识形态,只对“自己”说话,只对那些只能迎合自己的人说话,而遗忘了世界的图像是由不同话语之间的对话构成的。任何单方面的话语都应该接受和期待着批评的话语。这些笔记既有同情的阅读也有批评的阅读,我不能说这些看法不能被改变,或承认其有误,因为事件依然是一个谜团。在信息不充分不对应的情况下,对诗而言,情感世界与经验的表达事实上也不是一种最无足轻重的信息。

——请原谅,诗学思想的表述本应是敏锐而极端的,它不甚讲究表面上的辩证法。因为它执着于痛苦的辩证法。它像心那样执着于痛苦。如果这是一篇关于“民族问题”的分析与论述,它肯定会写得客观一些或者更严酷一些;如果同这些诗篇一样,如果想探索事实,它会保持沉默。事实上,我依然感到另一种不安,作为对诗歌的阅读与对话,我依然站在不那么中立的地方,我站立的地方依然更偏向于作者"这一边"。但是也许,当诗人看到我的这些阅读与对话时,他更多的看到的是对诗歌的批评。因此,我不请求他人的原谅,如果他人提出批评的话,我会尊重"那一边"的道理。我也尊重来自沈苇和那些像沈苇一样怀着无可言说的痛苦、怀着"一颗乌鲁木齐的心"、怀着"一颗破碎的人质的心"的人们的批评。因为,此刻不可以轻易把发生的一切理解为善与恶的冲突,而是:当一种痛苦反对另一种痛苦的时候。

但是,当一种痛苦经验与另一种痛苦经验格格不入的时候,当一种痛苦反对另一种痛苦的时候,需要的是不同的痛苦之间的相互理解,不同的承受着痛苦记忆的主体之间的相互交流与共鸣。我的阅读与写作所愿意推动的,是在当一种痛苦反对另一种痛苦的时候转向痛苦与痛苦的共鸣,以及:意识到并努力去消除导致相互伤害的真实机制。因此,当我在《安魂曲》中遇到一种痛苦反对另一种痛苦、或一种苦难遮蔽另一种苦难的呻吟时,我倾向于让被遮蔽的声音被倾听到,倾向于让另一种苦难显出它的面容。不幸的是,我知道我根本就做不到。

1.《七月五日》

7月5日,这个新闻至今还是一个谜,比诗歌的谜底深。在此意义上,这首诗在自身的痛苦中不假思索地重复了新闻,近于人们常说的真实的谎言。一个阴谋里总是有别的阴谋。一个灾难里总是有别的灾难,"一百九十多具尸体之上的一百九十多种灾难"。诗人注明了这是"据媒体公布的数字"。遗憾的是,新闻在独白,新闻话语并不去关注这些事件与话语的不能自洽之处。它不理会话语中所显示的矛盾。这就是新闻宣传的特色:它不回答我们的疑问,它只有嘴巴而没有耳朵。同样,我知道自己对诗篇和它所涉及的事态本身信息与认知上的不足,转向一种诗歌认知的伦理就更加必要了。

中间两行是我愿意反复阅读的,如果其中的"上帝"是"安拉"的话会更好些。在这里,诗歌话语超越了新闻宣传的独白。诗人在其中说话:"现在,悲伤是一种血脉、一个主宰,维系了彼此",这样的话语不是敌我关系的话语，不是"自己人"的独白。不管是维吾尔人还是汉人，或是其他民族，悲伤表达了我们共同的人性，连接了"彼此"。正是因为共同的悲伤或不同的悲伤，消弭了"彼此"的区分，使这种区分成为相对的。而悲伤与死亡却是绝对的，面对"屡屡失败的人性"。在绝对悲伤的人类面孔与目光下，应该将"恶"看成相对的，"魑魅魍魉"也是相对的。事实上，"魑魅魍魉"一直是修辞性的存在，它不是一种实体，甚至当尸体出现在街头的时候，恶也不是一个实体。恶更多的时候是绝望的面具。为什么不可以说"屡屡失败的人性"在演化为"魑魅魍魉"呢？后者只不过是"失败了的人性"。在今天的世界上，这也是失败了的政治修辞学表达。"魑魅魍魉"是无知、偏狭与仇恨的面具，在那下面，甚至是一副无比痛苦的面孔。在这组《安魂曲》里，沈苇有时看见的是面孔，有时却只是看见了面具。在沈苇描写"魑魅魍魉""走街串巷，小试狰狞"时，他似乎在把"魑魅魍魉"视为一种行为主体，而事实上，潜在的行为主体不正是"失败的人性"吗？失败在于它从一种可能的社会交往主体"蜕化至"原始的部族式的仇杀行为，而他们又奇怪地至少表面上置身于法律社会之中。这是一种什么样的身份的断裂、非法化、非主体地位呢？沈苇的新语言也是一种充满分裂痕迹的语言。这种分裂构成了他心中更深的难以弥合的痛苦。

当人们安分守己却需要对话与交流的时候，这个交流空间在哪里？当人们遭遇不公正寻求法律保护的时候，法制在哪里？法律难道仅仅只是在人沦为"罪犯"的时候才与之打交道，才露出惩罚的面孔？法律难道不是一种基本权利的保护者？是人与人之间产生纷争时合法的、富有公信力的仲裁者？人不能仅仅在沦为暴力犯罪时才是一个"法律主体"。如果人们在常态的生活中、在一种交流共同体中一直是一个真实意义上的法律主体，他们就会减少成为罪犯的可能。这意味着他们应该是一个真正意义上的政治主体，即一个参与社会对话与交流的一员。

在这个世界上，每当对话空间被关闭，暴力就是一种话语，一种表达。但是，暴力是失败的话语。暴力是最冷漠无情的话语。有多少失败的话语主体变成了犯罪行为的主体？什么力量让个人与社会、族群与族群之间的自由交流中断了？什么力量制造了交流共同体的崩溃或一直未能建构出这个共同体？什么力量导致了社会交往转向群体暴力？什么力量结束了交流话语与批评话语的可逆性，而转向单向度的社会控制？何以单方面的、被动的治安维稳，取代了积极的、互动的、对话的政治？新闻话语是一个社会最具对话性的空间与媒介，但不幸的是，新闻一如既往地成为一种武断的、没有说服力的独白，更危险的是，新闻独白及其所产生的意识形态，关闭了个人与社会、族群与社会或国家权力之间的对话。

2.《改写版〈混血的城〉》

这首诗所表达的经验不再停留在新闻与信息的层面。在信息受控条件下，并不因为一个人的局部在场而能全景式地确知事态，及其更多线索的因与果。今天的社会真实已不能完全凭借个人的直观。诗人开始进入诗歌自身的话语。"混血"涂上了整个城的面孔与身躯。创痛感深入一切生命，深入一切无机物，渗入钢筋、水泥和英吉沙刀具。诗歌句式的重复、累加与持续，成为事件性质的一种拟象，携带着随意性的狂暴。痛苦是无机物的语言，无机物是痛苦的词汇。还有什么比"汽车的血"、"建筑物的血"、"馕铺子的血"、"牛奶"和"蔬菜的血"的混血更为绝望的混血？创痛感渐渐深入一个疑问，最后渗入诗人的语言。这是内心的悲剧："我的语言深受重创／我的诗歌目瞪口呆"。看到这里，我也目瞪口呆！是的，事态已经无法言说。发生的一切在语法与逻辑之外，在语言的意义之外。整个惨剧显现出一个意义的黑洞。确实，1999 年沈苇写过一首深受乌鲁木齐读者喜欢的诗篇：《混血的城》。那是共同血脉的交流，文化的今古融合和民族情感的混血。那是诗人表达对乌鲁木齐这片"美丽牧场"和整个西域倾心相与的诗篇。它是诗人的扎根行为之一。而今，这次混血是创伤、死亡与仇恨的混血，哭泣话语的混血。

1999 年，诗人来到西域已经十余年，这里已经是他的家，身外的景物开始转入身心内部的感知。这是一种扎根。沈苇写下《混血的城》，以铭记他的爱，他新的忠诚。通过"混血的城"，沈苇开始了在异域更深的扎根。他早已开始的某种程度的本土化被一首诗所自豪地宣告。他选择了对一座城一座理想之城的认同，这是对一个地域及其历史文化的认同。诗人对理想之城的热爱恰恰是因为这座城累积着的异族生活、异族文化和它的物态化的历史空间。无论在另外的语境中如何解释这一本土化过程，诗人的热爱是真诚的。这片地域甚至已经在改变沈苇的面相。有如诗人所说，这好似雅丹地貌与骆驼形象的地理性相似。

> 时隔十年
> 我的语言深受重创
> 我的诗歌目瞪口呆
> 我用这一首《混血的城》
> 推翻、改写另一首《混血的城》

最初的《混血的城》所想象的自我与他者的融合、民族及其文化之间的亲和力被暴力所撕裂。乌鲁木齐几乎碎裂了。本来存在着的微隙变成了难以逾越的鸿沟。无论其他的人们或他者如何看待与解释当今世界范围内的移民与个人的流动，如何阐释不同制度形态内的个人跨越族群边界的迁徙、漂泊与重新扎根，对于诗人沈苇来说，早先所写的《混血的城》表达的是对自己生活地方的珍惜与热爱，对另一族群与文化的由衷赞美之情。无论意识形态如何依据其需要设计了族群关系，个人与个人、个人与他者、诗人与世界的关系总是僭越了这种制度设计。在文化传统、政治制度、经济生活对族群的区分之外，文学、艺术与诗歌不是一直充当着沟通与交流的功能？即使在保留着对文化差异的尊重时，诗歌也一直寻求并建构着人们情感上的共同语法。相对于生活来说总是滞后的制度是由社会群体所承载，而人与人之间情感交流与吸引的介质只能是个体。而文明的目标之一，就是以自由的个体之间的交流所形成的共同体意识来改变历史沉积的偏见及其制度形式。文化的多样性是我们的福祉，同样，一个更广泛的交流共同体及其共同价值理念的寻求是文化多样性赖以存在的基础。这是沈苇也是西域文学、诗歌写作和艺术创作的意义。

对一座城市的热爱、对他者和差异的爱被一场仇恨的混血夺去了。在一种严酷的时刻，诗人被剥夺了热爱的权利。而暗藏的危机在于，热爱或许不是无辜的了。爱的权利被深深地质疑了，就像扎根的理由。被改写的是一座城，被改写的是一种与他者相关的自我。能够从沈苇的诗中听到这个自我的破碎声，自我扎根被痛苦拔起的断裂声。

从此，诗歌需要重写，需要一种新的话语，依然需要诗歌为它赎罪和疗伤。沈苇找到了辩认整个事态的持久的语言，它不再是临时的新闻式的视角："我的语言深受重创 / 我的诗歌目瞪口呆"。可以看见，沈苇在用诗人的话语逐步修正其表述中的意识形态话语的痕迹，以感受的强烈与切身性，来修正一般新闻宣传语言叙述事态时的平庸性，以个人的话语逐字剔除既不透明也不真实的媒体语言。

新闻话语和一切意识形态话语的痼疾就是，它从不能意识到它自己的"语言创伤"，它总是振振有辞，从不感到"目瞪口呆"，总是口若悬河。这是陈词滥调的病理学特征。它不祈求感同身受，也不愿意听到论争与痛苦的质疑，而是强求一种普遍一致的不习惯反思的社会表面态度。然而诗歌的意义与之不同，在社会话语沉默之处，诗歌开始言说，带着受创的痛苦音调，带着暴力馈赠的音节、噪音与不和谐。

3.《夏日的颠覆》

这里的每句话都是哭泣和叹息。每一行都是一次哀叹式的重复。这就是改写的开始？尽管是如此惨痛、如此不情愿。西域被暴力改写了，至少这是事态的表层。然而西域的改写是重复性的改写。西域本身就像是一块羊皮纸，被历史上所发生的一切所无数次地改写。当然，在他者的眼里，这也并非第一次被暴力所改写。然而，沈苇注重的、遗憾的是，暴力对美好事物、美好时刻的"颠覆"。我知道，这一点也并非是没有疑问的表述，它只在某种个人的意义上是真实的。

作为一个西域史地的业余爱好者，作为一个多次到西域去的旅行者，我深知这种"颠覆"：7·5之后，还能去西域旅行观光吗？无论如何，你将被迫体验到，"审美之眼"被颠覆了。"风景"与"民族风情"一起被颠覆了。还有什么纯粹的自然风景和民族风情吗？一切都被颠覆为伤痛的意识、撕裂感和难言的苦涩之情。对他者的审美化或视觉弱化受到了自我与他者之痛的真实颠覆。社会伦理的痛苦颠覆了审美的愉悦。

50年代以来关于"边疆"的审美话语早已变成了统治性的意识形态的一部分，将边疆转换为一种没有任何政治问题的纯粹的审美空间已经成为政治谋划的一部分。在相当长的一段时间内，对边地的审美化作为内地的意识形态化的一部分似乎是成功的。边疆的审美化早应该成为社会批评话语的一个课题，或者说这样的边疆美学早该遭遇解构，但不幸的是以极其不幸的暴力方式被颠覆了，却依旧没有带来一种反思意识。也许这是一种政治命运，当一种虚假的意识没有被交流的话语消除和重构的话，它就会常常猝不及防地遭遇到暴力的解构。

因此，被颠覆的就不仅是这些：民歌，风景，婚礼，白杨和玉矿，它们并不就是真实完整的人性，也不是西域的全部，它们本来就只是观光者的西域，游客们的《新疆盛宴》。而本来，"惨叫"、"鲜血"、"惊恐"——就一直是西域历史的非审美的元素，只是它不被观察，不被见闻，不被叙述。因为这"惊恐"与"噩梦"不属于"我们"，而属于他人；但我们以"民歌，风景，婚礼"遮蔽了这一切，否则，"惨叫"、"鲜血"、"惊恐"——如何能够一夜之间从如此美好的地方突然出现在人们的眼前呢？被暴力所颠覆的除了我们弱化的美学意识与浪漫主义的异域美学，还有审美化的意识形态。风景与风情一直充当着意识形态的优美表征，风光与风情的审美修辞掩饰了意识形态，也遮蔽了它自身的社会伦理诉求。

长久以来，西域被善意或冥顽不灵的审美"殖民"化了，或者说被简化为一种审美主体的美学对象，西域被等同于一种自然景观，某种程度上那些男男女女也被视为这样的审美景观。她们的歌舞、她们的服饰、他们的居住、毛驴车、墓地与集市，以及雪山、葡萄与胡杨，以及沙漠与隔壁。西域和少数民族成为一种风景。西北和西南的少数民族都成为这样的一道景观。先前，这是一道政治饰物，他们穿着民族服饰出现在被报道的政治协商会议、人民集会上，出现在载歌载舞的各种欢乐的庆典仪式上，然而，他们从不是政治主体，他们只是一道被观赏的政治饰物，是权力妆点自身的必要审美饰件。真实的政治主体，甚至真实的个人都消失在政治的象征符号之后了。她们没有主体性，没有话语，只剩下贫乏的象征。她们着民族装的出现是一个象征，然而象征的不是原本的民族意义，而是政治权力合法性的象征之一。是政治无意识与赞同的符号。是最抒情、优美、华丽的政治饰物。他们的作用却从来不过是权力的歌唱者与赞美者。这种政治激情从某种"自发性"慢慢地演替为纯粹的幸福与欢乐的要挟。当他们中的少数人渴望以半自主的政治主体说话而不是单纯的歌唱与赞美时，政治美学的华丽修辞就演变为某种暴力与咒诅了。

经济社会和旅游时代的到来，政治审美景观同时更经常地转化为一种人类学与民俗学的旅游景观。西域和少数民族地区依然是作为一种审美的客体出现的,而且似乎更加合乎自然。但在这种无辜的旅游与审美意识中,它同样继承了政治审美的遗产:继续将他者审美化,将他者视为理所当然的观看的客体。我们从未想到他们同我们一样,不只是一个唱歌跳舞的民族,也是一个艰辛劳作的、充满希望与梦想,而且饱尝挫折与不幸,也同样拥有甚至更强烈的爱与恨,甚至是在无望的时刻、在法律不能提供保护的时候将酝酿已久的不满转化为盲目的仇恨与暴力。无论他们此刻是否能够作为一种适当的政治主体和法律主体出现,他们在整个事件中已经作为半自主性的道德主体与行为主体显现了自身。这一主体使我们感到陌生而恐惧。他们彻底或暂时颠覆了我们的审美盛宴:政治的和娱乐的。

《新疆盛宴》和《新疆词典》都是诗人为西域写下的散文体的诗篇,一种形式更加自由的、叙述灵活而又充满具有新疆事物的大诗篇。现在,无论是人文自然之中的西域,还是已被书写的新疆事物,都被血污了,被仇恨所颠覆了。所有的事物都见证了完全相反的东西。对诗人来说,"新疆词典"的语义发生了改变,作为西域风景与民族风情的"新疆盛宴"在7·5之后变成了苦涩的食粮,难以下咽。

对沈苇来说,一个与他者、与异域相关的自我生成被颠覆了。在某种意义上,我们每一个人无意识中与他者的固有相关性也被颠覆了。也许这种既有的相关性是一个疑问,它被暴力质疑了,而仅仅质疑表层的暴力就显得不能理解整个事态。但是,无论怎样,痛苦是具有自身的意义的,并且,任何一种痛苦都是一个提问,每一种痛苦都有力量延伸自己的逻辑。可是,有不同的痛苦,分离与对立的双方各有自己的痛苦。痛苦反对痛苦的时候,需要理性地思考两种不同痛苦相交的切点,两种因遭遇着痛苦而意识到自身存在的社会伦理主体、及其它们隐秘的被支配性与依附性。

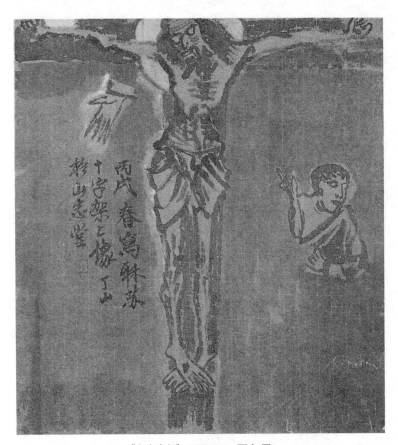

《上十字架》50X50cm 丁山 画

詩選
ANTHOLOGY

詩 | 建设
Poetry Construction

《收割》20X30cm 丁山 画

王小妮诗歌 (8首)

月光白得很

月亮在深夜照出了一切的骨头。

我呼进了青白的气息。
人间的琐碎皮毛
变成下坠的萤火虫。
城市是一具死去的骨架。

没有哪个生命
配得上这样纯的夜色。
打开窗帘
天地正在眼前交接白银
月光使我忘记我是一个人。

生命的最后一幕
在一片素色里静静地彩排。
月光来到地板上
我的两只脚已经预先白了。

荷塘鬼月色

荷塘是漆黑的。
冬天霸占了荷的家，存放整整一年的尸体。
哪儿插得进半丝的月色。

十二月里闲适的枯骸
演戏的小鬼们舞乱了月亮的水面。
原来的焦炭还要再披件灰烬的袍子
干柴重新钻进火
寒冷的晚上又黑了十倍。
月色水一样退回天上的盘子。

那片魔沼里的蛙
偶尔滚一下冰凉的鹅卵石
有人想招回光亮，想刺破这塘死水。
可是鬼不答应，鬼们全在起身
荷花早都灭了
到处遗弃它们骨瘦如柴的家园。

迎面飘过一张忽然很白的脸
人的微光出现在深夜和凌晨之间。
那个沙沙沙过路的
不会是心情总不宁静的朱自清吧？

天上的守财奴

满塘的荷叶都在展开
银锭摆满池塘
每一枚都微微发出光亮。
素白的持宝人坐在他独自的天座
整夜整夜清点财产
宝物全给它摆在显眼处。

风过去,钱财也过去,有些磕碰声
只有碎银子还铺散人间。
蝇头小利们在水皮儿上互相兑换
借机延续这游戏
贪婪也要经常坐下来盘点。

起身关窗,相安无事
提着不足三尺的薄衫,穷人富人都该睡了。

酸枣木椅上好像坐着人

那人一身白,直直地端坐。
扁平的发光体
银子错过了最后交易时间。
只有休息,在这平淡无趣的晚上。

行走中,我发现那空白里有另外的白
麻木的时光在角落里耸动。
折扇暗中展开
几百年里坐过那椅子的各色人等
一个个紧跟着起身望我
全是一身的白。
不说话的神灵
我不敢再向你们迈出半步。

影子和破坏力

五月的夜光穿透我
五月的冷色描出更瘦长的那个我。
天通苑石砖上
筛子般的夜行人们

正急促地踩踏另一个自己
一步步挺进，一步步消灭。

没受到任何抵抗
天光把路人一分为二。
京郊的无名小路，月光铺得均匀
再三践踏也不觉得难受。

我推着我的影子走
踩着灰兔的皮毡
人类正在反人类。

绞　刑

云彩很多。
仰头时想到绞刑
蒙眼布和绳索，有缝隙的活动踏板
我仰头等着最后的扑通一声
谁来动手？

心跳，脚探到向下的台阶
真不是什么好感觉。
月亮隐约吊在最高处
超级平静，好像已经死过了。
今夜轮到哪个动手
行刑人在暗处抻他的皮手套。
黑漆漆都是厚云彩。

在十九楼天台

全部的光停在周围
在它丰盈的池塘

我披上了它送的白衣裳。

今晚的月光将止步在十九楼。
下面的城市实在太眩了
小地方的客人,进城让它紧张。

幸好我及时在这儿迎它。
随我来的有糯米酒
草蒲团下铺满野菊花
我们盘坐只说小酒馆里的行侠仗义
在半明半暗里扮一下英雄。

去上课的路上

月亮在那么细的同时又那么亮
它是怎么做到的。
一路走一路想
直到教学楼里铃响
八十三个人正等我说话。

可是,开口一下子变得困难
很难找回能说话的我。
也许缺一块惊堂木
举手试了几次,手心空空。
忽然它出现了
细细的带着弯刀的弧度
冰凉的一条。
今晚就从彻骨的凉说起。

萧开愚诗歌(5首)

落 日

把三农当作恶贯和冥顽的
满肚子农药的现代文学,
最近得了手,毁我社稷。

假使户口换皮,搬进城镇给人就近瞧不起的地段,
教育后代忠于逆境和严打,
社会福利不是社会侮辱吗?

就算本代自觉灭门,
也是个小儿科政治,
左右给玩得团团转,
高智商要随波逐流。

前二十年盖的房屋成片坏死,靠揭发
与重建轮番敲诈,合作像夫妻丧偶;
脱钩而失语而向壁;而三同而后知,
农民就像周口店的石洞经得起名称。

同 意

　　——给余旸

同意拆村入楼的民工一代
摆脱了割舍过的祖业梦魇，
他们选择上当受骗，
确认砖墙比雾露和狗叫作边界
要便当和洋气些。

他们的狡猾好开发
不好铲除，
几年后，这楼像下水道一样挖掉
他们会大摆酒席，
感谢折腾，使生活守住底线。

没谁说一降再降证实过去多么阔气，
宽敞不出水平，为季节工打了工，
吆喝往这往那的一干人倒不自承有垦荒本事，
只知荒草摇头和着火
统计为荒草点头的改变规模。

谩 骂

我痴呆得冒进，大放厥词，
一年不吃水果它价格暴涨，
一路狂跑，后面比前面还贵。

把农户赶到公路两边干嘛，
难道任其与果树一起荒芜，
叫人想起来脑子不那么栓塞。

他们这种人自以为丢人现眼，

砸烂了搬空的房子的窗户；
四肢扎满银针的男女并不强些，

生下来就做别扭的拆迁动作，
发不入耳的令人尿紧的怪叫，
据说他们自己想听也听不见。

反　驳

狰狞，给周末抽访到，
负责斧正政策和学术。
为了符合所谓看见，
自觉切割成为被迫。
尽都熟识，抢劫菜场的残根败叶，
底线沉了底，活性勃发，
上访岂止于脱产密修。

我的浅耕立场从而抖擞，
他们昂扬跟进，暴晒伤疤，
把盖棺般的翻身重翻一遍，
把不阴不阳的三教踩了又踩。
批判性从来就是消遣性。

但穿着臭胶鞋比子弹还便宜，
其喘气压服了中等的不平。
做不含他们的反目派的枯竭标兵，
使门类渊博的渣滓处理臻于完美。
派上用场，他们沾沾自喜，
或者收买才是级别的垂怜。

给当作反驳，从干瘪中
撕扯出发噱的观念和咬合在一块的
反对，地基层叠着干透的牙血。

何者当真，钻营给当作受害，
那眠入倒影的稳定已在冒泡，
为归纳而挪动以便隔离猪狗。

刀 匠

刀匠卖茶，他身体发烫，浓茶般苦涩。
在茶社，想到附体，
腹背即鸡毛兮兮。
不知是否停止卖刀，
或到武汉去闯一闯。

茶顶级，水没开，
温水中沉潜着几颗不逢时的疙瘩。
茶节如茶，在五一把劳动冲淡了，
他另一手举起刀比划。

流感堵塞口腔，
品不出滋味也说不出话，
硬说市场弄得他不清不楚。

硬说我们同病，被不专一
整治到了不能专一，
这水烧不开，这同一流域也养殖，
这鱼又喷嚏连连。

他跟我比拼爬竿。
我去找人杀毒，却到了这里卿卿我我，
发颠的语感顺着一个抛媚眼的诈唬，
俺去会他一会！

其他人在不注意他，
房东在表现：

"二叔神经健忘，茶价大乱。"

天气往大别山方向放晴，树一棵一棵地开苞，
想像他跑回茶社放下赃物赶紧拉稀——那洗衣粉
和肥皂和碗都是我的，堆在灶边——我不禁失笑，
茶叶渐渐泛出甘草味，
刀七零八落撒满一地。

罗羽诗歌（6首）

理想城和雪

虽然还在被它捆绑，你正脱离
一个时代。"那一年，从弗里德里希树林出来
遇到一个熟人，对东柏林的人来说，虔诚
即便铺在镶木地板上，也有泥泞与雪
从前的事，山脊上的马，只有新轮胎才能测量
后来，停电了，孕妇在烛光里生产
再后来，许多人爬上那堵墙，两腿分开
坐在了和平上。熟人的熟人也喝完了最后的烧酒"
闻着酒味，你的下意识抬高了酒店
周围人群吹灭栾树的灯笼，天黑下来
穿过河水还是河水，在山寨国，诗是退缩
无用之用裂成河的两岸
革命的革命是橙色，或一支茉莉
但却不能由你哼成一曲小调。差不多是所有的人
都曾走过压迫者建立的广场
就像其他地方的诗人看见了公园里的傻子
你瞅着一只孔雀变成星座
那是可以的，几乎是被允许的
申诉的话语和被压迫者，都还在这里

不要着急,天空的自由能放下自焚人的声音、抢地和拆迁的过渡地带
也就能放下飞行者解救和被解救的仪式
封口费外多得是颤栗的嘴唇,你的行走
是理想城的时间单位
下雪了,你知道是刚刚下雪
而如果这时诗不去理想城的雪里喝酒,那座大城就是一座空城

回　家

多年后回家,那喝剩的半瓶酒还在桌上
灰尘跳荡,我在你的笑声里笑你
把门框和泡桐分开,窗外
年代也区别了拆迁、梳妆镜
在群体里解救个体的软弱,工厂已是远景
沿着马耳草旅行,朋友们
返回河边,小沙鳅吐出的幻象移走麦田。糨酒啊
还是那么好喝,老鸭汤
取消餐馆转暗场时的交代
问答总是悄悄的,还有一些温度,灯光照射的脸却变得黯淡
"一谈到诗,每一个资本家
都是一个柏拉图。"说得对呀,下雪了
伴着雪,完成的批评冻得发白,所有居民
等待一次低语。蓝帽子、煤块
燃亮球形物的侧影,对冒险的破坏
颤栗于击打停止时的检验。如果还有什么警觉
完整的一定会想起不完整的,预期
在雪里破碎,街道的拐角
暴露自焚与跳楼的人变量的真相。设定了你不是
调查表上的人,那你就是俱乐部里的一句俚语,或身份不明的丑角
律师的眼睛受到侵犯,吊打
那些被拘禁,意图虚构了你的灵魂
伦理冲突包围了相关新闻

我和你互换东北亚的昂宿星团、雪线，并延缓它们的融化
而另一个自我肯定：十九世纪
是一棵樱桃树，移栽到二十一世纪，
也还要在成长中喧哗
偏差是一首诗的咽喉地带，旧的生活中气候变化
让我远离你的另一次运动
滚雪球，又发现积雪和流水的漫坡
早醒的老鼠，撤出物流仓库后吱吱地叫唤
你去的地方，将有一个盛大的空间
晚报大厦把丁香的依附性引入画面
到时候了，不是定格到时候了，词语都避开了轻和重
行为的物理痕迹，就像马吃剩下的草料
"语言是对现实的爱"。对呀，这就像鹧鸪
即使看到了，我也不好理解
鹧鸪在雪里的转向
或许，它尖喙的顶端就是你的想法，有别于河水埋住一半的嬉戏
却容易找到对语言的爱
寒冷的瞬间，回旋家里的一年，就这样过去了
和我一样，你敲了敲河岸护栏
雪下得更猛了，结冰的桥面
又落了厚厚的一层

找银匠

我正在为你找银匠，问了几个人
还没问出来。两个纪念章
可以打两只镯子。你戴在手脖上
会有核桃叶的声音
我也是那样想的，在院子里就可以看到雪
从鹅到鹅，你迈出脚步的黑色
时间给的亲人，像河南的早晨
又像衣衫裹住的仪式
吹来一阵凉风

在垂直的田地里,他们变成线绳和黄瓜
这些现在都不可信,或已过去
遇到节日,父母,姊妹,被身体的实践侵犯,血统的解释
以油菜的鸣叫,唤醒穷苦的乌托邦
多少年,我都不能在祖国印书,但丁的阳物
扮演了杨树枝和想象的答应
我错了,就是一些人对了,我对了
就是你用虚假和现实为我买了个喜欢
笑一笑吧,元语言是偏小的小暴动
刀客,帮助了本土的莫扎特
而我只是图形的局部,某个朗诵的下午,等候完整的结局
生活中,杜康酒不算什么,低度
也不是逃离着的佛教
立起的小鲤鱼打我的脸,窗外,喜剧的布厂街
拉上了拆迁的铁丝网
作为牺牲精神的对象,知更鸟
分裂它的本性,你所有的苦难并没有晦暗的替身
到了最后,我要说,我曾见过一个人,也许
她仅是瘦弱的证言、秩序
(头发上的睡眠,像个印象城,银饰的思想
滑动肉体,脚链)
时代错了,她是对的
作一个手势,匠人恢复的是词语
她胸口里的神,是个双重自杀的人
不管怎么样,我找到银匠后,还要在银匠里挑选银匠
能够不能够是另一件事
我给你的,不是我想给你的

谈　话

你的家建好了,正对着晚报上的秋天
门窗,在夜里砰砰作响
只有一筐弥猴桃的喜悦,适合

这次谈话周围的眼镜、法律、水瓶、虚构的日常

你从暖色的缩减中看见农业
它在秸秆的丰饶上发展着奶牛
不幸福的必然晾晒着屋瓦,混乱
越过苇塘,在另一片土地上降落暴雨

被语言追随,还是反过来追随语言
你的黑衣裙体现了桑叶,一直有地貌的明暗
经常会这样,你去的场所变更了田旋花
那些受伤的耳朵,再也听不到社会

吵闹的阴影下,有清醒的线索
一切事情,都抵押着立场、变化
你的狗多么新鲜,它拽住你走
让你的公正去汇合斯特拉文斯基的音乐

像你用方法保持的冰淇淋、眼泪
七位数不是你要求的墨水
你所喜欢的酒徒额头,披着砂引草
风吹燕子,散开的长发遮住信仰

说错了,你的家还没有建好
你只是在一所房子前歇息,跳舞
闪光的指甲碰响呼吸,一次性的湖出现
在黎明时沐浴,阳光的虚设淌了一地

伤　害

"对伤害你的,我全都诅咒。"我总是
把你的飞舞看作图形,放在手上
几个真理变成它的颜色。叶子,鹌鹑,椿树
触到气候的砂纸,一切都来了,又没来

暗算所承担的是角色的一部分，而我
却没有受利用的过程，感觉整体在反射悲剧
房间，衣橱，在措辞中有了低温
绕到河的左岸，你才能把水气带回庭院

真是这样，你所熟悉的抽象都有狡猾的具体
就像在听歌时听到了黄鼬的数学，它
分离你，并捆绑你。打击乐结束
一个受困的白天还要干预另一个夜晚

我不能用一场雨淹没周围的喧嚣，当风
吹过宁静，吹动你，渴望者的幻觉储满清凉
如果雨水能冲走那些由危险擦洗过的脸
睁开眼睛，事情的阴影下，有你为最后世界保持的光

你曾踩着细卵石走到一排浪尽头，野山杨
低于社会某个角落，仍有一首诗活动的地方
有一些恐慌，来自其他动力装置的叫声
灰蓝色的空间，联想的星体，一直在你灵魂边缘

在石漫滩

把湖水朝两边拨开，时间
没有修辞。是的，我们的哀悼脚步一样轻
从九头崖到一条船，灾难投射到证据上
那昨日的雁鸣已变成岸边的灌木

在元胡的生长期里，我们野生的性质
有了逆转。受抑制的，还有春知了
一些平房敞开，住着有害思想
梦见事件真相后，水葬展开它的纪录

我们也被动在矿坑里，群众的柔软
通向矿层。秘密，绝望的广泛性
延伸着铁锈，又在雪上悬浮
往上走，四季的包袱装着残忍

为灰色而存在，我们却是绿色
叶柄是散乱的物质，损害着忍耐
其他悲歌下，我们只能是一阵阵旋律
使君子的耳环，漏过凉风

南北气候在半山坡交汇，一群人
用手工清理出一片脸。我们在更多的头发中
沉到埂上村，如果那好酒、被醉掉的纪念
不够黑暗，我们就做些补充

有一种蛱蝶，会对我们打开窗口
翅膀外的配电房，是碎玻璃最多的地方
蜥蜴收集的意义，有小叶杨的潮湿
在钢厂，我们会被拖到密闭的场景

我们一直在看细浪涌出的嘴唇，这是清晨
过去的死亡，比跳出水面的鱼还要明亮
听到的，听不到的声音
继续破裂。刚下的小雨，忽然停了

陈东东诗歌(3首)

莫名镇

一条河在此转折
　　　　就已经造就了它
何况还有
两岸水泥栏杆的粗陋

剥落绿色的邮政建筑也足以
构成它
　　　　再加上两三棵树
荫阴里停着大钢圈自行车

小银行是必要的设施
玻璃门蒙尘,映现对街
蒙尘的学校
　　　　广播在广播
广播体操反复地广播

另一些影子属于几个人
不愿意稍稍挪动自己
在桥上低头看流水
在家庭旅馆的椭圆形院子里

看一盘残棋浮出深井

百货铺。菜市场。剃头店
网吧幽黯因为从前那是个谷仓
于是

从电脑显示屏擅抖的对话框
到来者跨出,来到了此地
他其实不想找在此要找的,正当
这么个时刻……这么个时代……

桃花诗

今天也已经变作往昔
——小林一茶

总有一枝不凋
忆想起,冷雨一鞭鞭
狂抽过后的极权之空

尽管空也能幻化桃花
脑穹窿下顽固的不凋
却是被痉挛的思维

催生出疼痛
骨朵欲望的不止艳红
不止开放般蔓延的血

这摇曳的不凋臆造
武陵人,缘溪忘路
曾经访得完美的往昔

他的奇遇,有赖一瓣瓣

梦见了他的桃花之念
在你头骨里无眠着不凋

一枝所思又奈何武陵人
只一天尽享无限桃花
并不能死于沧丧时间的

好的绝境。武陵人于是
坠入此夜，重新忘路
斜穿大半座都市的忧愁

他站到一树经不住冷雨
反复虐恋的乌有底下
承应你颅内

　　　　他的桃花
正因疼痛而一枝不凋
正因疼痛，你臆造他

为你去幻化
仅属于你的无限桃花

说出咏雨之诗的时候……

说出咏雨之诗的时候
在便利店门口，谁又能想到
一场雨之后还会有一场雪

那个雨中回来的幽灵
雪中已经成了我自己

我正回来，相对于伫立雪中的人

退思园之镜

现在全都进来了他们拥挤空的戏剧。

回廊蜿蜒又被蜿转;路径交叉,分岔香樟直到枝桠。

直到梢头,卵形叶片错综叶脉。

透过漏窗,游客张望漏窗那边他们张望的水中倒影。

任兰生用一生换一座园林,为了把一面镜置于其中。

他知道他必须攒敛何止十万两银子,才配在园中吟清风明月不须
    一钱买。

他知道意欲深隐镜中,就得朝离镜更远的方向去退思。

现在,从每个方向他们都逼近,几只电喇叭,导游同一种声音镜像。

每个方向的每位游客是相同的他们。

任兰生未必张季鹰之辈,油焖茭白跟鲈鱼莼菜倒是能做伴。

于是,他儿子置镜于菰雨生凉轩映照那退思?

游客远征军现在却占领了镜前竹榻,他们的战利品是一样背景的
    一帧帧照片。

镜子映现同一张镜子脸;镜子脸皱起面对春水。

睡姿幻想的幻像则迥异。

任兰生用一生换一座园林,却没有来得及匆匆穿越这座园林。

他甚至不曾在镜前竹榻上占有过一个夏日午后。

他更不曾在镜前竹榻上占有一个夏日午后去梦见同一座园林是另
    一座园林。

在同一座园林或另一座园林，现在，游客于镜中串演幽媾戏。

他们拍留念照，揽导游细腰，或者让导游帮着摁快门，左搂右抱他
    们的风月。

镜头之镜收摄了念头的一闪而过吗？

当那面镜子由儿子架起，他父亲的一生就成了镜像。

任兰生用一生换一座园林，那园林之镜，说出他向度相反的历程。

他远在天边外思退的进路，被一匹奔马掀翻、阻断于天边外。

而现在他们也全都退出了，空的戏剧再度被抽空。

他们把门票随手一扔，不须一钱如何买得清风明月归？

苏野诗歌（9首）

拟古：与臧北书

你说，远道而来的
都是绝望，都是完成的谶语
像紫藤，霸道
而年代久远，那
寻找宿主和未来的寄生者
让我们对言说
心生漩涡般的倦意

在信仰里，作为六道之中的微尘
我们循环得太久
而自我却丧失得远远不够
仍保有一片问难的衣角
呼应着光的节律，在风中偃仰起伏

需要重温分类学
将拥有之物归类，给绝望
填表格：这是罪孽
那是果报，还有籍贯、美善，和时间

那么，现在好了

现在是肉体的、傍晚的悲伤
一切都将无足轻重

李 煜

> 但你们并不懂得怎样思念死者。
> ——米沃什

我不害怕死，即使是，
——正如你们所知，一种
极为痛苦的死法。
那是对荒谬气数的终止，
对虚无的制衡。
长与短的辩证法。
它结束了一切，包括
对卑微之人
真诚持久度的考验，
对负罪者，正如你们所理解，
它矫正了身外之浮名。
纠缠于精神死结，
和我山水包浆的本性，
我曾经糜烂、抒情、佞佛，
为江南出庭作证，
像帝王，耽溺在道德的不洁中，
却看客般葬送了帝国。
法人不能免责。
但记忆的避雷针，充满戾气，
会筑起经验的防波堤。
作为"势"，时代
最终会向每个人都亮出底牌
我不过是一个
饱受变脸痛苦的人，
一个摆渡绝望、运送呻吟的载体。

不要旁观，我就是你们。

叶小鸾

> 当一个人不快乐，
> 那就是未来。
> ——布罗茨基

服务于痛苦，尖锐的理智
和语言纯粹的技艺
远离一个崩溃时代叙事的火山灰
你反复测试悲观的弹性

你曾是纯洁的迷魂药
和失败者的支票，在想象中增肥
一个喻体，呼唤着本体
一床蚕丝被，应许着梦境

你的美源于天赋，你的神化
源于你父亲无解的悲伤
和萃取肉体，人我执。他需要一卷
符箓，医治无常，和震惊

作为暗疾和招魂，书写
将傲慢的死亡提速，变成了独裁
一种强壮的恶，也是反叛
蕴含着阐释的液压剪

如今，你是遗忘
是少数人的信仰之熵
像果蝠，带着低展弦比的翅膀
倒挂在时间之树上

但借助于悲观的黥面
和对绝望的沉思，黑窑中的人
那灰尘般的写作者
会认出你，认出死和虚无

孟 郊

除了时光没有仇敌
——叶芝

在漫长的往昔里
忍古、淬火，反对现在
和降压。像剩余物，把每一瞬间
都变成"道"的一个
对应物，一个论坛

肉体眺望着历史
作为望远镜，我呼应着
时间下垂的重力，像五行山

过去因消逝和数量而升值
而未来，因以现实
为起跑线，则大打折扣
就像笼中之鸟

杀戮、冷血，失败的享乐之风
对物和计算的崇拜
每个人黑暗的欲念之恶

在泡影中旋转自我
反刍希望，在晚年梦见山林
那自慰的缓坡

时代的寒意,像打点滴
刺入静脉,治好了我的乐观

我,一个被氧化物
招募失败,调校着仇恨的底盘
以匹配于痛苦
仿佛我是储存痛苦的银行

我有父母,可供遗忘
我有三个儿子,用连续的夭折
获得绝望的强度

在我生生死死的幻梦中
偏激是一种矢量
尘末者的内萨斯血衣

我不能系好精神的安全带
一种载体的悲伤,我停不下来
我的骄傲在于"道"
在于"道"成为悲伤,成为语言

谒刘过墓
　　——致臧北、朱珐、胡桑,兼呈海勇

慢下来,慢下来
让肉体和灵魂一样安静
在树林边,在阴影
作为日光的强有力注脚的正午
一点一点隐没
衰朽、遁形、恢复
像你墓室中立体的虚无
以及,墓碑上
铭文对记忆的反抗

我一直活着，像八百年前
你沉思着如何
从数不胜数的肉体之中消失
一种钉子般尖锐的善
必须上升为信仰
痛苦之幂，需要负指数
和，修行的减速带
暮年，那与时间之河平行的
伟大而谦逊的缓慢
首先是不为多数人所知
然后是不为神所知
化为树荫，化为
智慧的飞尘，和时间的一部分
或者这山脚的一切
化为你。风从不思考不朽

叶绍袁, 1645—1648

我，一个人，一个父亲
一个儿子，一个为死所环抱的人
一个逃亡者、僧人、道德家
秘密抵抗者，相信暴力的楔子
与德行同等重要，本性
比死更可怕。曾经的
持不同政见者，午梦堂的主人
风雅制造商。如今的遗民、术士，山水
旁观者和惊奇者，节烈的歌者
和失败者。我搬运愤怒
灵异、精神的重力，和想象的价值
在恶的瀑布里，我深信
悲伤，被歌颂得远远不够
绝望也需要捍卫。——我不是所有人
一个未来已经足够，我

只是我：叶绍袁，号天寥
释名木拂，一部日记的作者，《甲行日注》
时间赋予我以形式，我浓缩
或省略。寂静和空白
即我的心灵史，一个被遗忘者
正如我愿，符合契约
不能数字化。1648 年，9 月
丙戌，晴。我久欠一死，即将超脱
旋风般的恶早已来过
在我的一生中，它必不会再来

重读《古诗十九首》

我见过他们，以及
那些物：飘尘、星象、百草
磐石、松柏；在
变而又不变的空间中
经营丧失的时间，以及死
有，像塔基。有得
越多，丧失的塔
就越恢宏。韭菜般的焦虑
乙醚，盐和硫酸的愉悦
以及谴责、愤怒
高傲的仇恨，那些
生生死死的爱欲
以及，在比兴的离心力中
与自我为敌的道德
一群人的代数，不过是一个人的
一个水流的汇集点，一座
储藏失败的屋子。我们
只从过去获得经验
未来的阴影，不过是反光
就像我，证明了

他们，你，以及所有人

在虞山王石谷亭静坐

满目皆是修行的松柏
和天籁的玄学
一个抛物线的气场
历史的封印。外物是黯淡的
灵魂之光亦如此
落叶在降速，在取消幻影
在风的平衡木上
如镜写形。碑刻与远山
荣耀与草木。我知道无需天赋
精进，与温习死亡
人不能对时间有所要求
我知道这一念的沉思
也是人造物。我的身上没有芒刺

登　高

云气已经飘荡了很久，
遇衰成形，需要
整容，在山谷的自动售货机里。
你相信，无形之物
亦有父亲、子嗣，和一个
黯淡的、人类的终点。
天空，模仿着死亡，
作为唯一的、循环的现实，
一种天真的简洁。
像大雪球，由寂静集合而成，
遍布消逝之光、导体
和，你所能记起的

过去,和过去悲观的言辞。
它既是无,也是无穷,
是起点,和归宿。
你来自一个过程,你懂得时间,
你穿越了休息,
凉亭、寓言,以及赞美。
向上就是向下,登高
即降落。你不过是其中一具肉体
你的渺小是合法的。

文乾义诗歌（5首）

时间无语

他叫喊但喊不出声，他走动但迈不动步。
他从梦里向外跳结果还是坠落梦里。
他在阴霾中看见了多年想见的几个朋友，
他们似乎还活着而且听起来好像已死去的熟人。
他能感觉到他的眼神儿一动。
他在持续阴霾的日子中这难得一见的表情
像血液深入心灵让他松弛。
他想起有个情人节晚上
他发了条"祝你节日快乐"的短信，
用自己的手机给自己的另一部手机。
他记得当时他在心里笑笑并没有发出声音。

九月末之晨

九月末的早晨，在树荫下站一会儿就感觉凉。
人们在树荫里走动，也有人跑步，
系在腰间的运动衣像帘子在屁股后面扇动。
此时儿童公园里的人大部分都是老年人。
他们经常围在一起聊天。只要

交换一下眼神儿就知道
他们之中今天又少了谁。沉默一会儿
他们又聊起别的话题：河南的蜱虫或伊春的草爬子，
菲律宾的香港人质事件，甚至
包括国家应该如何治理或埋怨联合国如同虚设。
而站到空地上就会马上感到暖意，
因为有虽然不强的阳光。
有一伙儿穿着同样白色服装的老人在练太极拳，
他们动作还算齐整，颇有一点表演的味道，
不过等到集体转身时能看出肢体的僵硬。
这里年轻人不多，或许此时
他们正忙着孩子上学而他们自己也要赶着上班。
周围街上响着因堵车而引发的一片车笛尖叫声。
在一座城市早晨的一处公园里这一天就这样开始，
而那列红色小火车并没有开动。

一　切

河流西侧有一片极平坦的开阔地，
在目光尽处
它延伸至另外的时光。
你发现你现在正朝它走来，你想：
在另外时光里你或你们，
也包括我或我们会拥有来此之前
不曾拥有的一切——仅有的一切，
包括活得更活泼，或
成为与自己童年时不一样的儿童。

大雪过后的上午

早晨一场大雪过后，街道像天空模糊而泥泞。
人们脸色苍白，同样苍白的

还有移动着的目光。为什么雪下在这个季节？
目前的雪已下得足够，
满天满街的雪已经遮蔽了不少丑恶的事物，
比如垃圾和夜晚留下的血迹或呼喊。
似乎过一分钟以后它们从未发生过
或根本就不曾存在。
那些移动着的目光看上去有些焦虑，
对于视线内的一切似乎也显得陌生。
为什么脸色苍白？所有的楼宇是白的，
所有的街道是白的，
所有的车辆是白的，
所有的身体是白的——一切的白的反光
使脸色不可能是别的颜色，目光也不可能
不是白的。只是这样的脸色和目光与这样模糊
而泥泞的季节相遇，使这个上午变得麻木。

光　芒

在他眼里他总能看见夕阳的光芒迎着他升起而不是消逝。
九月的松花江水在月下返回缓慢的光。
光芒远处是忽明忽暗的对岸，更远处是世界。
有一段时间他经常从天空向下看看他的大地，
而实际上大地并不属于他，
从来就不曾属于他过。而他的错觉，
让他真实地在属于他的大地上一直忙碌而终无所获。
他清楚他心里其实也没有什么要有所获的愿望，
只因害怕这光芒一旦在他眼前突然消逝让他不敢转身。

黄纪云诗歌（6首）

瘦 马

轻一些,滚滚的波涛
停一停,日月星辰

一匹瘦马
在尘土飞扬的道路旁打盹

它的眼皮
如弹簧松驰的自动门

它需要歇一会儿
需要安静

而它的眼珠,这浑浊的晶体
需要清洗

必须找到泉水
必须找到泉水

在日落之前
在大风雪到来之前

囚　徒

——游哈尔滨东北虎林园

囚车,进入
你的监狱,谁不想起

座山雕宝座上
那张皮?因为零下 28 度

你映入模糊的
窗玻璃,硕大的尾部耸起

而你的尾巴下垂,如一段黄黄的
草绳子,在雪地里
拖着死囚

你再次映入的时候,在一个
木架子上,你卧着

像个高僧。旁边站着几只
快要冻死的鸡

囚车里,眼睛,又一次跳起
火辣辣的

脱衣舞。因为他不知道,自己
也是一个囚徒

泄漏的春天

高度进化的嗅觉
如此完善地贴近春天

贴近，樱花
盛开的季节

贴近，大海
正在制作的死讯

但，你能贴近
这瞬间暴涨的死亡吗

能贴近，这无影无踪
无声无息的泄漏吗

这死亡的春天
这泄漏的春天

这生为死哭
死为生悲的春天

一群鹦鹉螺，蝴蝶似的
从废墟爬过

又到秋天

森林在落叶中翻身。它入睡时
总是面朝相反的季节
这时，你的肌肤
开始延伸毛发稀疏的感觉
当你不得不为另一个季节脱下衣服
看见自己衰老的肉体
那么，你如何离开这精美的玻璃橱窗
遁入城市的地下暗道
走进天堂的后门
哦，你只能结成冰凌

不管在河沟里，还是树枝上
你都得穿越行尸走肉的波涛
到达自己的头顶
拉上窗帘，在暗室里
用房子作抵押吧
向你的债权人租用一只鹰
吃掉你身上那些腐烂的赘肉
然后扔你于炉火之中
你想把自己炼成孙悟空
还是涅槃成一个合金的人
或者，干脆烧成一撮灰
和森林一起入睡一千年
——也许醒来正是春天

辛亥 10 月 10 日夜

坐在自家的书房，人头如烟斗握在自己的手里
还有什么奢求？你可以将辛亥往事装进烟袋
吞云吐雾，你可以将那些伟大的名字吸成灰
让夜风吹走。当然，要预防寄生虫
进入大脑，在养生的秘笈里，找找治疗
肠胃被喜鹊叫伤的偏方
至于民国为何在新婚之夜，就沦为妓女
前人已有定论。一条血路，杀向嫖客的腹部
最后杀向哪里？谁也说不清楚
历史的银行已经倒闭
凡进口的都已进口，包括脚的双重权利
沿着左边的悬崖，黑压压地
爬进右边的口袋。民以食为天
只要国库充盈，剥下大地的皮，缝制一件新装
给大总统穿上，不是不可以

中 秋

你出没于坡上,像个蒙面女侠
只有月亮,这上帝的电子眼,看得见
你手里提着刀和绳子
你想捉拿我吗? 女侠
可惜,这世上再也没有跳进火堆
将自己烧成美味的兔子
今晚,望湖楼上,还得请狐狸和猴子
来吃"鸿门宴",看它们花样翻新的表演
当然不能忘记,天黑之前
将"知味观"出品的月饼,一一送到宠物的嘴里
为维护价值链的和谐稳定
必须精心制作月饼那样甜腻的马屁信息
问题是我的女朋友从日本回来了
她的干爹就是我的顶头上司的令尊
"晚上八点,星期八酒吧见! 否则拜拜!"
她见不了她的干爹,就像只小公鸡向我施威
好吧! 女侠,你在坡上等着吧
等酒醉后,我铁定驾着改装后的宝马
到坡上找你。告诉你——
我曾想过一百种弄死你的方式
但,此刻只有一种
撞死你。然后——
日子隆起一个陡坡,像驼子的背
横亘在时间与时间之间

孟冲之诗歌（4首）

深 喉

拂晓时分
从黑溪方向传来的鸟鸣
与其回声之间
有一个峡谷的跨度
在残梦一样的雾
和残雾一样的梦里
像把大剪刀
咔嚓一下
又咔嚓一下
进行着黎明的剖腹产
我不知这鸟的名字
或许它的鸣叫
就是名字
就是它的生命之于
倾听着的造物
和造物主的
确证
我猜想它是一只体形较大的鸟
有深喉
有椭圆的、灰白腹绒包裹的
内壁鲜红的、空阔的

共鸣箱
其中抒发出的欢悦
是忧郁的
热烈
透着清凉的孤独
当晨光把
一个被尿胀与腹痛弄醒的男人的
眼皮
从蛋青
变成微红
这大鸟的声音早已沉没
后院中的樱桃树上
开满了
小鸟稠密的啁啾
那是一些
仅仅用嘴和舌尖唱歌的小东西
在表达单纯的快乐

伊尔贝尔公园

离上次来这儿已有八个月
车刚拐进来
女儿便认出了去年烧烤的地点
我们在草地上铺开隔潮布
日子
就这样完整地安放在天地的庄严色相中
太阳按比例分配着阴影
每一团树荫
庇护着一个,或多个家庭
他们的中心是野餐桌
风一辫辫地分开
又合拢
吹拂着事物以及

事物之间粘滞闷热的空隙
我看到了丑女人脸上
美丽的微笑
痴呆儿
吮食冰淇淋时甜蜜的表情
大小悬殊、血统不一的狗
不时立定
抬起一条后腿
留下它们快乐的印记
在这样的时光里
阅读也是一种浪费
一整天
孩子们在我目力能及的范围里活动
饿了就跑过来吃几口香肠
渴了就喝可乐
我把书丢在一旁
什么也不做
只是偶尔拾起一枚北美枫飘落席上的种子
惊奇地欣赏着
它的鞘
和一只长约一寸的翅膀
这使它在落下时可能借着风力旋转
（看起来像枯叶蝶）
飞出父母的疆域

妥　协

上班的第一天，他就对自己说："这不过是
个人抱负对于现实生活的、短暂的妥协。"
……十年过去了，他还在这儿
但你不能说"一眨眼"，因为在时间的洪流中
他曾与其极小的单元逐个地交战
直到近年，随着资历加深

和工作量的萎缩，他的自由度逐渐提高到
足以抵挡任何改变现状的诱惑
以前他自视为忍者
在最底层的感受点上，感受生活的磨砺和氧化
现在，他更倾向于把自己看成一位隐者
从无人瞩目处，瞩目生存的真相
他的双手服从于工作的要求
而大脑的秘密工厂，正铁流奔涌，火星四射
他是厂长、也是工人，时时都在熔解
锻压，焊接梦所坚持使用的母语
他的工作只能供养生前
但他的另一份工作却要养活死后
没有人知道他在干什么，即使他不时激动地写下
一行行汉字，也无人认识
它们仅仅被视为，有关生活或工作的流水账
他仍不免于空虚与厌倦，但它们本是
秘密工厂的燃料或原料
他仍不免于幻想，别样的地址、头衔、人际关系
但"妥协"似乎早已变成"妥当"

看 风

午睡醒来
从密闭的玻璃窗内向外看
蓝天很神秘
寂静燃烧的太阳很神秘
红屋廊下的白裙子很神秘
但最神秘的
是风
风一定在说什么
在布瑞蒂路到怀特比路
之间的庭院中
风

一定在风传什么
我听不见
但我能看见
从伊朗人的园子
到意大利人的
到我的
到印度人的
到纽芬兰出生的英国人的园子
风在和樱桃树说话
樱桃招展着
表示它听懂了
并且对其中的种种歧义心领神会
风在和桑树说话
桑树的嫩枝齐齐地斜向一边
叶子翻露出白茸茸的背面
风在和柳树说话
柳条轻佻地飘摆着
像是在和谁拉拉扯扯
风也在和一向古板的松树说话
松树摆出领袖式的庄重
但枝梢忍不住
不停地摇晃
点头
风也在和成片的草和蔬菜说话
让它们一阵阵地骚动
叶背幻化成一条条白蛇
在绿色中游窜
风不是说完了就走
有时它在一个地方要说上一阵子
刚刚走开一会儿
又回来
把说过的话再说一遍,两遍,一百遍
风也没有统一口径
它前言不搭后语

正也说
反也说
有时候话还没说完
又矢口否认
然后把它的否认
又加以否认
风也不只有一种姿式、方向、力度
因为它的身体的任何部分
都可能独立地说话
它们相互追逐
融合
抵消
像水流一样分开
又像辫子一样绞起来
我不知道风究竟在说什么
但我相信
它说的全是真的
即使自相矛盾的
也是真的
但我不知道它究竟在说什么

楼河诗歌（4首）

麻鹰寨

去往麻鹰寨经过一片杉树林，
杉树林里有冷风。
我们穿着单衣，
还吃了一地覆盆子。

你的紫嘴唇有树林的幽暗在飘吗？
在麻鹰寨有十亩地
等着收割，虽然还不是秋天。
但我们来了，我们收割。

在长长的雨季，乌云都变成了铁桶。
我们收割十亩地
有一亩已经倒伏，
等我们弯腰收拾。

但已经迟了，已经
所剩不多。大地的粮食
被轻微轰响的乌云运走，
搬进了泥土的货舱。

它们正变得温暖，冒出了新芽。

但我们仍然收割，
留下庄稼地里光秃秃的尸首，
低矮又整齐。

山谷里有我六个舅舅挥动镰刀，
两个商贩，两个退伍兵，
一个哑巴，一个种植橘子园，
他们都是爱我的人。

风，有时轻有时沉，
把麻鹰寨的麻鹰吹到了山尖；
树林呜呜叫着，
哭泣声有些响亮。

这是麻鹰寨，二十年如一日。
从我祖父就开始这样的生活，
在麻鹰寨的乌云下耕耘，
偶尔听到一声枪响，那是

麻鹰寨的草寇上山得意的信号。
我没有这样经验。
我在父亲的烟味里成长，
吃着母亲劳动的血汗，

现在也来到麻鹰寨收获粮食，
认识了父辈们
这块免税的田地
——山谷里的梯田被泉水滋润，

思想了将来的耕种。
雨点打在身上的塑料布上，
凉凉的，细成了河，
但我没有电话，没有邮件，

我没法告诉你，
我在麻鹰寨的一个夏天，
冰冷的天空，
突然成了悲哀的回忆。

节日的月亮

想当年父亲在世时，我们与他
从姑妈家吃过晚饭，回来时看到了节日的明月。

经过一条小河，过桥，
看见水中月亮的褶皱，提着裙子的花儿。

老巷里他用石子打狗，为我们开道，
我看见节日明月的相片浸透了他弯腰的形象。

母亲话多，父亲少语，
他的脸色苍白像沉默的纸，真是个斯文人。

风极细，田埂上吹来丰收的香气，
寂寞啊，拐了脚的坡路有百米来长的距离。

是轮好月亮，天晴不落雨，
我们翻坡归来，听见柚子树里百鸟歇息。

赞　美

在雾气渐渐散去的上午，
我在屋顶平台上看见她。
她在后院里打水，井水
和水桶相撞的声音格外清脆。
她的头发湿润，自然卷，黑而且软而且

稍显凌乱，被橡皮筋箍住，就像
庄稼里待收起的菜。她原本
瘦小的身材已经发福。是的，
她三十几岁，已经生育了儿女。
她将要在这儿打水洗衣，在这寒冷中，
她知道将有一个好天气。
水汽弥漫，肥皂水的香气突然像记忆一样清澈，
她深色的棉衣突然有了温暖的光彩。
我默默看着她，看她的辛苦，
就如同她曾经也默默看着我，看我的忧愁。

与父亲在校旁饭馆

夏末初秋的蝉声阑珊。
你来看我，你的身体还能支撑你独行。
你带来了米、橘子和红薯。
给我，或者我的老师。
我带你来到校旁饭馆，仿佛就是我请客：
莆菜五角，鸡骨架一块五。
我们吃啊吃啊，像两个潦倒的朋友。
我们多忧愁，你说着："真贵！"
好像很能理解我的不易，
好像对我说着：抱歉，让你破费。
街边污水缓慢得让人颤抖，
对面纺织厂的噪音流遍整条街道。
我们捧着瓷碗，眼前掠过散去的同学。
你对这一切都感到好奇，
但你不说，仿佛知道
自己赢弱的身体不配对这一切抱有如此大的热情。
你苍白的脸在熄灭自己，
并且努力让自己变得平静。你不知道，
现在我多想拥抱你，
你不是我的父亲，你是我的孩子。

胡桑诗歌(6首)

赋形者
——致小跳跳

尝试过各种可能性之后，
你退入一个小镇。雨下得正是时候，
把事物收拢进轻盈的水雾。

度日是一门透明的艺术。你变得
如此谦逊，犹如戚浦塘，在光阴中
凝聚，学习如何检测黄昏的深度。

你出入生活，一切不可解释，从果园，
散步到牙医诊所，再驱车，停在小学门口，
几何学无法解析这条路线，它随时溢出。

鞋跟上不规则的梦境，也许有毒，
那些忧伤比泥土还要密集，但是你醒在
一个清晨，专心穿一只鞋子。

生活，犹如麦穗鱼，被你收服在
漆黑的内部。日复一日，你制造轻易的形式，
抵抗混乱，使生活有了寂静的形状。

我送来的秋天,被你种植在卧室里,
"返回内部才是救赎。"犹如柿子,
体内的变形使它走向另一种成熟。

对 岸

一棵树,隔着河流飘动,
另一些树折叠在沉默中。

只有风置身于自己的处境,
并规定了时间的速度。

那么,眺望是一只熄灭于闪电的
键盘,目光也打开了窗子。

树下的脸庞邀请我坐下来,
开始清理我眼中的粗糙。

夏天来了,空洞犹如凌晨的
公共汽车,黑暗已卸掉了愚蠢。

在沉默和沉默之间,河流响动,
于是,我找到了生命的限度。

禁止入内

我被拒绝,因此完成了旅行。
安亭中学,在冰凉的口语中,募集专制。
我继续深入秋日,翻越陈旧的傍晚,
但无法确定,我是否真的来到了中心。

菩提寺,呼吸着,像废弃的防空洞。
日子,为何如此沉默,挂在横梁上,
陷入阴暗,如一只枯萎的蝙蝠,
正在寻找一个夜晚。城市清晰起来。

我在银杏树上如期找到了时间,
它们干燥,安静,命运从枝头滴落下来,
见证了那么多溃散。谎言批发商
在草坪上掘地三尺,仿佛不可击败。

我缓慢地走过陈家木桥,拉着一只
温暖的手,仿佛一名黑暗收集者,远道而来,
内心装满熟透的声音,等待被人清洗。
借助孕育已久的目光,我已经来到终点。

松鹤公园

在公园晦暗的内部,脚步苍老的速度
并不一样。那些低飞的星体,贴近地面,
在燃烧,人们视而不见。一种顽固的修辞
犹如谎言覆盖了铁栏。道路上没有呼吸。

午后,我漫步在空旷里。枯萎的寂静
落满一地。有人面对树木,剧烈抖动
灵魂。一个无法收服的躯体却正在离去。

一切将会终止,包括这湖水、雪松,
迟疑的大门正在关闭。一辆自行车
持续地停顿,石鹤消失于薄雾,
在凝视的过程中,我稀释了自己。

在湖边椅子上沉思,对面的烧烤店变得
多余。人们在公园里绕圈行走,澄净的秩序

溢出混沌的体臭，一枚空洞的松果落地。

我阅读，天空熄灭在纸上，我试图
在灰烬里搜寻星辰的残骸，在词语间
建立新的关系。随即，节奏被老人粗重的
咳嗽拆毁，手掌上的灰烬散去。我局促。

"人们有许多影子"，而那个最隐晦的，
在我们体内略微卷起，犹如光阴的锋刃，它并不
害怕黄昏。我起身。离开，才是唯一的抵达。

占雪师

终于，一种寒冷结束了自欺的午后，
它凝聚起来，为了澄清这个世界。
地平线在开裂，白色摧毁了坠落的方向，
迟疑着为寂静加速。雪被误解得很深。

改变形式，就是改变人们的目光。
但持续的丧失，让我对生活一无所知。
我在公交车站等待了一刻钟，雪独自
抵达夜晚的边境，另一种颜色在流亡。

一个女人正为摩托车座上的积雪塑形。
我没有上车，而转身嵌入空气中被掠夺的
部分，那里，遗忘占据了锋利的核心，
风似乎更清晰了，但是，那些记忆在冷却。

我加快脚步，一些背影被漆上虚无的颜色，
一名怀旧者终于来到了失败的边缘，
那是真实的，走马塘的水流被时间扭曲，
它就在桥下，但仿佛从未存在，就像记忆。

这个世界充满熟透的幻觉，于是
变得这么生疏。贫乏的汉语逡巡在街道，
地面节制，压低的伞使行人盲目，也许，
不该穿越这个夜晚，我已是另一个人。

鞍山路

如果鞍山路可以停顿下来，我将能见证
一个乖戾的时代如何在自身的恐惧中消失。
从菜场到地铁站，目光深不可测。口腹
与四肢为了命令而运行，在混沌中完成了一生。

一些尘世的皱纹从街角走来，它们卸去
责任，在尖叫声中拯救出一只零落的麻雀。
速度并未造就平衡，影子变得越来越无辜，
宿命的风在半路瓦解，遗忘迅速到来。

一辆自行车歇在骄傲的清晨，屏住呼吸，
持续地注视邪恶的天空，让它变得更加虚无。
我步行到维修店，试图将一阵作废的雨
带给修理师，他的江西口音遗漏了异乡的裂缝。

迷路的女人经过邮局，在薄雾中，懂得了顺从，
在熟悉的街区迷失自己，盲目的日子正形成秩序。
传单散布者将街上的空气收集起来，犹如收集
一个落日，事物终将失败，在黄昏中摔碎自己的历史。

我走过了超市，已经没什么可以失去，白昼变得
那么缓慢，每一个细节都充满矛盾，又那么有限。
经过时间的曝光，蛰居者看到了生活的负像。
邻街的家具店、废品站，也显示出另一种生世。

南子诗歌（6首）

我愿意

要爱词语中晦暗的部分
爱它低洼处的积水
它隐藏了某个夜晚发亮的钉子

要爱陌生人
新的相逢需要新的放弃

要爱酒鬼和撒谎的男人
爱他们身上旧仓库的味道
易腐肉体的味道
我用它来克服夜晚的饥饿和性

要爱我
——这才是真的
是对无名者的需要
这个从人群中孤立出来的人
不去陶醉任何人
不去顺从夜晚人类的习俗
不去清算生活的旧账

爱我的人

请不要与我为敌

不仅仅是你在命名万物

不仅仅是你在命名万物
世间万物不过只是此刻的投影——
当世道人心
不过是一场无用的知识　和一场徒然的围猎
在这样的一个欲念含混的黑夜
不会再有无名者的酣睡
也不会再有它的早晨

病中书

仿佛世间万物都彼此相异
照亮了各自的寂寞

仿佛我的身体在尘土之上
而灵魂正四面敞开

仿佛爱情亦有着膨胀的孤寂　像迟开的水
曾经温馨的部分已经散尽

仿佛恐惧像暗器　振荡出古老的波纹
奇迹也无法安慰

仿佛厄运跃过冬季消瘦的月份
我看见它　正用陌生的沙漠牵引大海

仿佛无梦的人　更像是梦游者
步入蓝孔雀,流水和精灵的虚谷

仿佛"活着"是诗人空谈过的一个真理
只有到别处去死　桥头人才看不见桥下人

仿佛远方的僧侣　回头一笑
五月的噪音　融化在黎明

仿佛此刻　我作为遗嘱　作为夜里写下的字
作为一年中最后的饥饿　我只要纸和失眠

我知道这个地区的梦

我知道这个地区的梦
来自冰凌的反复敲击
一半的雪　吸进所有城镇的胸腔
而另一半　被单色的暮光阻隔

我知道这个地区的梦
会有另一场秘密的倾诉
白色　像证词一样闪光
并从身体的裂纹中　取出一座孤城

我知道这个地区的梦
重现中亚古代的天气
那些德行　减少到洁净的程度
减少到原谅
为下一个消逝　埋下伏笔

我知道这个地区的梦
像白雪　浑身洋溢着肉体的天真
它只是微笑
当它面对人世间的枯萎与蓬勃
　融化时未免沸腾

如 果

如果美德是山川和花朵
我就信它
每时每刻都信它
并凝神于聆听和赞美的核心

像影子寻找身体
美德被每一个顺从它的人酿造
尘世的缺陷显露了它
如同一种真理
而我只学习怎样被宽恕

这宽恕　遗失在被我爱恋的一切事物中

悼诗人梁健

你去了哪里？

倘若有游移
诗歌不过是一条黑暗中的公路
谁能比它更狭窄　遥远？

要秘密地投胎　要转世
世界少有去处　身体却有异乡
它赞美着道路
为你留下胎迹

池凌云诗歌（5首）

潜行之光

它把水晶天鹅的黑羽毛给我。
用新的灰把灯擦亮。为了
再一次阻断，在我手里

音乐变得狂热。它的每一次努力
都在告诉我，潜行之光的黯淡。
醒悟的灰色。在我手里

任凭我如何节约，绝望还在发生。
有人在哭山峦的一角。
夜，回到阴沟的拥抱中。

一朵焰的艰难

羊在水晶里闪光，不奔跑，这多么重要。
它在里面轻轻举起一只前蹄。
常年如此。一朵焰的艰难

从不曳着一缕轻烟。没有裂缝。
我确信，一只羊住在水晶之中。
我没有感到惋惜。
天空每分钟都在变暗。
而我们早就湿透了。
我对人说，它的胸中没有一点杂物。
树皮和青草没人动过。
呼吸怎么样，没有人知道。
总之，树从地下被高高拉起。
飞翔的女人，在嶙峋的岩石上
独自走去。

叫一声梅香
——兼致张火丁

叫一声梅香，泪珠就圆了，
这流水的绸衣，曾抓住几分
好年华，除了你，还有谁
脚踩莲花款款上前？多少
良辰美景，不忍回溯
惟你自身的冰雪，怜惜你的眉眼，
清涧也惊奇，忘了转弯——这
唇齿轻启，给它们引路。
难以想象，你轻步而行
便耗尽全部事物的仪式，
而我走得摇摇晃晃，闲坐
空荡荡的春秋亭。秋风也失落
你的嗓音坚贞而沉郁
而缠绵。这一生，出戏入戏
都对着幻境。谜一般的梅香
冷是容易的，浓雾所到之处，光无用
所有圆缺，早已藏在另一个锦囊。
这未知的秘密，令多少人宽慰：

你本轻盈,骁勇,饥渴,
美,却从不责问,
只是让空悬的丝竹独自颤抖
把这素白的世界揉皱。

黄昏之晦暗

总有一天,我将放下笔
开始缓慢地散步。你能想象
我平静的脚步略带悲伤。那时
我已对我享用的一切付了账
不再惶然。我不是一个逃难者
也没有可以提起的荣耀
我只是让一切图景到来:
一棵杉树,和一棵
菩提树。我默默记下
伟大心灵的广漠。无名生命的
倦怠。死去的愿望的静谧。

而我的夜幕将带着我的新生
启程。我依然笨拙,不识春风:
深邃只是一口古井。温暖
是路上匆匆行人的心
一切都将改变,将消失
没有一个可供回忆的湖畔。甚至
我最爱的曲子也不能把我唱尽
我不知道该朝左还是朝右。我千百次
将自己唤起,仰向千百次眺望过的
天空。而它终于等来晦暗——这
最真实的光,把我望进去
这难卸的绝望之美,让我独自出神。

雅克的迦可琳眼泪①

富于歌唱的银色的雨
锦瑟的心。唇的
吟诵，改变着一棵静止之树。

你的月亮追过白桦林
拨弄松的细枝。我竟会以为
是大提琴扬起她的秀发
她的眼神胜过菊花。

我看见她不会走动的黑色腕表
向她倾斜的肩。他们的笑容
都有挥向自己的鞭痕
这痛苦的美，莫名的忧郁
没有任何停顿。

只有白色的弦在走动
它们知道原因，却无法
在一曲之中道尽。

遥远的雅克的迦可琳
这就是一切。悲伤始终是
成熟生命的散步。提前来临的
消逝，拉住抽芽的幼苗
正从深处汲取。

注①：题目取自巴赫曲名。

李曙白诗歌（7首）

在海湾

这渐渐靠近我们的是谁的夜？
一块迟迟不肯暗下去的石头
是它光滑的一面坚持着微弱的亮光

不安分的海水
明暗相间的波浪一直在努力摆脱
我们给它定义的宽阔　或者深邃

十一月的天空

一旦进入秋天　天空便无所谓高低

一只鸟飞翔的高度就是它的高度
一朵云停留的高度就是它的高度

离开我们很久的邮差　他的洗得发白的旧邮包
把我们遗忘了的东西一一带回

插在雪地上的铁锹

它想告诉我们什么呀？
整个冬天　一走上田野就能够看见它
像一整张白纸上面唯一的小写字母

我们一直不肯相信的三月
就在锹柄被触摸得晃眼的光亮中出现

伯格尼尼

在所有的光芒中　你是
最耀眼也最刺人眼目的一道

你离开这混沌世界的那一天
就是所有的演奏者成为同一个演奏者
所有的小提琴成为同一把小提琴的那一天

独弦上的舞蹈
对于我们只是天籁

年　龄

宇宙已经存在了 140 亿年
地球的要年轻一些
大概 40 亿岁

人类的年龄是 20 万岁
这不包括从猿到人
那 150 万年不人不兽的尴尬

上个月我刚过 62 岁生日

我的一个同学 10 年前病逝
上大学时我称呼他老大哥
现在他比我年轻 8 岁

夏天我去看长白山天池
它是一次火山喷发的副产品
火山灰的年龄是 100 万岁

上帝不和人类掷骰子

这句话是一位哲人说的
他已经撒手不管人类的事

人类现在麻烦不断
把上帝创造的世界弄得面目全非

一个赌徒把骰子扔向空中
一抬头看见上帝正朝他微笑

他和我们都不知道
上帝究竟是什么态度

NBA:2011 的江湖

1、马刺

马刺是一支老牌强队　整个赛季
它看上去都是一匹修炼成精的马

四月的最后一天
这匹马倒下了　不是马失前蹄
而是一只熊

用它的厚掌拍了四下马的面门

那个上午邓肯老了　帕克和吉诺比利老了
波波维奇的一头白发
在场边无奈地晃动
像秋天临水的一支芦花

而 37 岁的麦克戴斯
宣布退役
他的十根手指一马平川
和他第一次走上球场时一样干净

2、湖人

0 比 4　季后赛第二轮
卫冕冠军被一头没成年的牛
踢成脑残

这个赛季天下大乱
球星跳槽　城头上王旗变幻
有人鸡犬升天
自然就有人堕入地狱

加索尔　拜纳姆　奥多姆
三支铁塔撑不起豪华的屋盖
小飞侠的翅膀已经僵硬
把整个紫金王朝搁在他的背上
显然已经不胜其力

禅师黯然离去
作为球员工会主席的费舌尔
下一场表演在谈判桌上

下个赛季 NBA 有可能停摆

不过这与湖人的成败无关

3、火箭

这个赛季的火箭是一支山寨球队
他们唯一的贵族是 2 米 26 的姚明
他因为手术全年歇菜

麦克雷迪远走底特律
就算他不走也已经心猿意马
山寨版的火箭打得风生水起
可是最终仍被挡在季后赛的门外
这告诉我们一个真理
距离奇迹一步其实和一千步同样遥远

阿尔德曼下课
姚明也不是非卖品了　尽管
他为老板挣得了数不清的美元和喝彩
最近的消息是他可能得到一份老将合同
拖着一条伤腿继续在球场奔跑　并且
展示最东方的微笑

4、热火

写到热火的时候　总决赛
正打到第五场
小牛队三比二领先

我不喜欢小牛
是因为那个名叫库班的老板
那年使一招八卦掌
把已经升空的火箭一巴掌拍了下来

但是我更不喜欢热火

三个什么头开了一个小会
就伏击了所有球迷的智商
最让人沮丧的是
我们找不到指谪的理由

NBA 其实就是江湖
篮球制造传奇　而戒指
导演阴谋和阳谋

游离诗歌（7首）

请——

我就是我，而我们是一团唾沫。
请把我从我们中抽出来，成为谣言，
成为孤单的一个，或者忽略。

请用手抓住自己的头发往上提，
在离地面五米的上空飞行，
碰到障碍物，请自动绕过去。

请把贝和壳分开，让美好成为
无用的饰物，挂在姑娘的耳垂或者胸前，
请不要联想到金钱，以及它的背后。

或者干脆让肉体回到壳里，住下来，
一辈子平淡地住着，而不孕育珍珠，
不给人希望，请让它们重新回到水里。

最后，请把人从人民中拉出来！

生锈的母语

擦洗还不够,我要刨——
这生锈的母语;
我刨:意义的灰尘,隐喻的水泥,
继续刨:一些象征的砂石;

还不够,这自虐的过程,离骨头
还有一段距离;
——远远不够,要用肉体的金属
去撞击金属:

而雷声在驱赶嗓子,春天
在把思想漆成绿色;
还不够,年轻的弃妇,
教着私生子,流利地说出:A-B-C;

而,还不够,反抗体温——
还不够,刨掘幼嫩的尸体还不够;
我扯下充血的声带,拿在手上,
像拉手风琴一样,拉出

生锈的母语;还不够——

在溪园
——致石头

傍晚的余晖
又收复了一大片屋顶

在满是脚印的城市
我们寻找着人的踪迹

五碗大米饭令彼此温暖
之后，祖国被我们一再提及

远在天边的血痕，映红着脸
除了吃饭，我们就是绝望

拐过那个巷口，你闻到
炭火烤焦脂肪的香味了吗？

不能说
我们对肉类没有兴趣

你和我，以及这拥挤的街头
从来都只是人民

向保罗·克利致敬
——李青萍同名画作

没有什么
这牢狱就是我的居所
我已经习惯黑暗
和那一抹生锈的光斑

每天黄昏，壁虎捕捉完蚊子
回到我的眉心歇息
我的眼里渗着盐
我的眼里满是大海的漩涡

白色和红色像两个政党
在我的内心厮杀
我要咬破手指，我要用我的血
一层一层地涂满画布

我这一生,除了耻辱就是爱
现在是整个的爱
保罗·克利,你是否听到
这来自子宫深处诅咒般的赞歌

竹筏岛记
　　——与津渡、雨来、老朱、萧易同游

在此,我理解了岛的含义
它孤独,近在咫尺的海
只能拥吻,而不能将它淹没
白鹭翻飞像心跳,这——

日复一日的折磨,我不能将
对面那座岛的影子抹去
它像一匹年轻的马,无法停止奔腾
我们的过去和将来都是一摊烂泥

然而,我只是一厢情愿
代替岛思考,或许它并不需要
它只是孤独,当潮水退去
当那些拣鸟蛋的人空手而回

但这并不意味着残忍可以避免
从它露出水面的那一刻
从我们五个人像蜥蜴一样
蹿上岩石,虽然也只是想晒晒太阳

初春之诗

如果这诗也像草,也像柳条
春来发几枝

那我就放弃政治
顺便研究一下湖水的修辞学

美让我瞎了眼
看不见蝴蝶的两面性
晚霞刚好照着雷锋塔
悲剧就这样又被歌颂了一回

但即使是一条蛇
也会对刚过去的寒冷心有余悸
更何况我无法冬眠
眼睁睁看着观念被雪覆盖

但他们说毕竟春已经到来
但，如果诗不能
像草，像柳条那样发几枝
那么春天，也只是一种绿色的残暴

大 雪

雪是洁白的
像一位不相识的少女给我的印象

纷纷扬扬的大雪
落在我的身上
以及更广阔的大地上

而大地，仍然是灰色的
只是在我走过时
增添了一些泥泞

雪其实是无奈的
雪只是我们纯洁的愿望

木朵诗歌(5首)

当他谈起颜真卿

我跟这位画家在酒桌上相识,
那个中间人并未留意我们已经谈起艺术,
又顺从这个话题建立了初步的好感。
作为诗人,我隐藏得更深,
席上的宾客都当我是会计老师而恭维我
讲课时口齿伶俐、风度翩翩。
我并不记在心里,也没有感激。
当画家问我还有什么业余消遣时,
我坚定地提到了诗。
但他也不怎么懂,正如我不了解他为何厌恶董其昌。
他表示出愿意交我这样一个新朋友,
于是,我在微醺中侃侃而谈。
宴会散场之际,他约我另觅宝地再痛饮几杯。
我停顿了三秒钟,长期以来的防备心理又起作用了。
我不想去侵扰他孤寂多年的湖泊,
那对瞳仁急切、迷人、愿意赴汤蹈火,
但我退守着——我认为偶遇所激发的情谊
还需要漫长的考验,我不忍他看到我落寞的一面,
也提防着成为他单方面倾诉的对象。
我礼貌地说改日再叙。
但从这以后,我们再也没有联系。

秘 密

秘密无所不在：
或许在暗处，或许不在暗处。
在与不在，这种二分法
始终不令它满意。

它偶尔会在格言里，
却又不拘一格。
格言显然太促狭，
清晨它就会退房。

它会在书签里吗？
你问我，我问谁？
格言太厚，而书签太薄。
……似乎又与汗水有关。

它不在当然里，
也不会在偶然这个主妇的沙龙中。
算不上清高，甚至
有没有傲骨也难说！

汗水这个脚夫，
那几斤鬼主意，有谁不知？
它与敏感接壤，
天性小病小灾。

秘密无所不在：
既不和尺寸挂钩，
又不精于算计。
它刚刚来过，脚步轻盈。

它视徘徊为陋习，
自然瞧不起跌宕的事物。

它不会出现在对视中，
也缺乏候诊的耐性。

它可能形容不堪，
从未为乡愁预备中秋节。
……秘密无所不在：
它一疼痛，才留下蛛丝马迹。

映山红

花，无私开放了它的国家。
游客赞叹那里的天姿绰约，
又因这是生殖器官而默契。
他们满足于其中的大自然，
同步包含对不自然的辨认。

花一上午谈论花的价值观，
涉足其起源，那古老交配；
分析它的变异，近亲繁衍。
觉得它美，由于它首先善：
从不污染人，专心背条文。

下午，他们认定光阴交替，
从一丛花看到浪漫教科书，
或因去看花，而获得奇观。
等在路旁，可移栽心中央，
它是幽境撒落的知遇货币。

如今，既非法律又不是爱，
它默默换届，替人医通病，
能坐到失足者身边不迷人，
能屡次猜出秘密后不透风，
能变发现赤子之心的关键。

投注站

他可以进来，只要一小步，
只需二元，就能谈论个人的幸运
与社会的进步。
可他停住了，扶着自行车龙头，
后座上挂着两只空煤气罐。

他跟这里很多人相似，
凭着体力，挣一些差价。
现在，里面这些人，正憧憬未来，
但他下不了决心加入；
对于贫富二元论，他只听不争。

停了多久，他就挣扎了多久，
应该是这样：他的理智止步于
赌一把，即使下注甚微。
过早想到不可能有好运气，
阻碍了他成为彩霞的票友。

照此理解就对了：他悲喜莫定，
为选择不拿出辛苦得来的筹码；
留着还有其他的用途，比如下一次补胎，
又比如捐给瘸腿的乞讨者。
乐得其所，提一提气，脱离欲望。

寂静的工作

工人们在搅动沙子，
他们在粉刷内墙，
妇女挑送混凝土。

他却翻动那两册旧体诗，
看上去丝毫不费劲，
分量也轻。不同的人
有不同的工作，
差别在于动静之间的
转换有多么迅速。
他们的机器几乎不停止
轰鸣——代表着他们博大的
心灵、刚劲的魂魄；
他的钢笔再使劲也打破不了
永恒的寂静。当他们
停下来时，建筑物变成了
无声的笺注。当他
发出响声时，他的邻居也
难以听闻——比不过那些
潜伏在灌木丛的低鸣。
第二天，工人们
回到工地，继续完成任务，
逐步达成目标；而他的宏愿
几乎没有实现的那一刻：
在新旧之间
无法完美地修筑隧道。
他们从未注意到有人在
阳台默读，也不会为一只只
蝴蝶兜售小朵荫凉而破费；
他们专注自己的工作，
偶尔夸张地谈论工地以外的少妇。
他也无比专注，也遍体生津，
同等地进入炎炎正午。

扎西诗歌（5首）

论沈从文的诗体信

1988 年 5 月 10 日先生去世，中国文坛并未见
重大损失。中国文坛其实是政坛。
像先生的病体，掌握在突发性的痉挛中。
而所有纪念都只是如何在空洞的
时间上占领一小会儿。
权力在释放情节时，假装您才是文学的主人。
后辈文人说："沈从文的《边城》真的好。"就没了下文，
很像"沈从文出生，写了几部小说，又死去了"的蹩脚翻译。

我们的文学有失忆症。权力爱抓起传统，扭断它的脖子。
所有时代都是创新的时代。
对他人不屑一顾，自己也在他人的一瞥中腐朽。
作家摆好桌子，一切煞有其事，为塑像写法则。
没有人发现他是穿着一件寿衣。您的去世，
使您身上活着的巨人站起来，用百倍于打倒
您的力气为您抬棺。生活有很多意外，
传统设计意外时，是让蚂蚁爬进您的名字小便。

先生在湘西，少年的面孔像一篇楚辞。

想造一座希腊小庙，"不管故事还是人生，都应当美一点。"
唯美的人就有这点好处，能和一些小图案，
看不见的固定物共进晚餐。翠翠说："看鸭子打架。"
颤音漂浮在水面上。美丽缩小成一枚浆果。
高大之物对围剿它的光影报之以傲慢。

您的名字向地图上倾斜，直到
"麻雀找到了一座房屋，燕子找到了一个巢。"①
巫术让人们走在一起，在树叶间叫喊——

不是伪装成文学的部分——是文学
变成文字之前主动寻找您，甚至野合。

注①：圣经中的句子。

致鲁迅的诗体信

树人兄：孤独宜于作战。
今日之盛状，优于前朝，也已腐朽。
艺术史、赌博史、娼妓史、文祸史、汉奸史、
中国字体变迁史都已有人着手。
大众语问题已不是问题。
无声中国变身激情中国，教育当居首功。
兄之文章被请出讲堂，而优美散文，汗牛充栋，
排之即为国贼，可谓"美丽的良方"。
兄之子海婴近日辞世，兄可知否？
还有一些小事，如饮食、建筑、交通、环境、
法律，为保障正当舆论，不赘。

论诗歌用途的诗体信

想象丝带上悬垂的蜘蛛；

落日降下的余晖里，里面
有亲人的静物画。想象杨树、
光秃的郊外、一张书桌、
鸡屎、飘扬的旗帜和自行车、
一个低俗的小团体。想象
自然在它的专栏里，用它的语言说话；
夜晚为我们带来的欲望、忧愁、思念；
自我试图理解我的意义。
想象你只能对着镜子微笑、
快乐原则；你必须亲笔抄下一首诗。
他用手指，压着你的嘴唇。
想象你必须承认：你是继承人。

追随丁尼生

这个叫丁尼生的男人让你相信：
男人是可靠的。虽然他像大海
一样离你很远。你只有在旅行
中才能看见，他怎样张起风帆，
和伙伴在一起，在海浪中煎熬。
你在克服困难时变成他：严肃、
语气坚定，当然，也意志坚强。
他教会你怎么握笔：比如，在
谋生的道路上，在那些让人厌
恶的、思想变形的交易里，不
是像画家或会计师，那样草率
地签字，而是在凶猛的打击中
怎样流利书写。每个字都是你
全部遭遇中落下的星辰。尽管
它已黯淡无光，仍然顽固地在
呐喊：迎上去。当你掌握这些
时，你就是他身边的一个强者，
追随着他。在衰老礼貌地侵犯

下，绝不退缩，永远不会屈服。

读曼德尔施塔姆随笔选

当我翻开那一页，看到两张照片，
年轻的曼德尔施塔姆和
年老的曼德尔施塔姆。
是两个人，有一个在崩溃边缘，
将在流放中神秘死亡。
他在给科·伊·丘科夫斯基的信中说：
"你能借给我一点钱吗？"
谦卑得让人落泪。那么——
"好吧，让我们试着转动，
这吱呀作响的巨轮……"
作为诗人的曼德尔施塔姆又
回到那热情的、自由的位置，
还没有写那首干掉自己的诗。
在彼得堡的浓荫里，在
阿赫玛托娃的公寓里的长椅上，
"喜欢资产阶级情调，欧洲式的舒适，
不仅在肉体上而且在情感上也依恋它。"
在还没有遇到斯大林之前，
分析但丁的《神曲》和达尔文的
文学风格，这一切把他送上极端——
高贵的傲慢的诗人品质——有一个对手。
当我翻开那一页，曼德尔施塔姆在写信：
"想想呀：为什么她要走？生活
还有什么指望？我不能服从另一次
流放刑期，我不能。"

叶丽隽诗歌（7首）

野兽之美

我从来不羞耻于
生命的欢腾。形同自燃，心
挤出炎热的窄道

彼此紧紧缠绕、翻滚
纷纷而下的鳞甲、羽翼、腮和鳍
绵延成摇曳动荡的大地

我伸出双手摸索到的
仅是无限和旋律，或者，颤抖的光线
那使我充满
并使我免于衰老的

京城四月乱飞花

杨花，还是柳絮？漫天飞花里
我毛绒绒的感官
仿佛进入无人之境

你我之间的寂静
一动不动
哦,你知道我的黑暗,我的隐秘

整个四月我都在过敏
我怎能抵抗春天,抵抗你

我怎能躲藏
我的叶脉在着火,皮肤潮红、发烫
在你热烈的曲线中
寻找自己的无名地带

桑 葚

芳菲尽了。五月迷园,桑葚枝
探进明亮的房间

一颗颗粉红的欲望,突起在枝头
料峭的胆怯和柔美
支撑着谁的瞬间

今生于我,恰似这桑葚时节
此时,此处,活着
肿胀而饱满
享受着岁月赐予的一切

我是这般赤裸地,立在你面前
怀着喜悦,怀着敬畏

怀着喜悦怀着敬畏
不去想,你终将变紫、发黑、陨落
不去想这尘世中
唯一牢靠的,占有我们的事物

春无眠

幽闭又敞开
犹如一把扇子的迷离挣扎。寅时
跌进自身的裂缝
春夜沉沉,只有我在煽动……只有我

瓷杯里,茶水的渍痕一圈圈下降,指间烟草
白色的迷雾寂静地升腾
当我深吸后仰头,它正消散、无形
浑然不觉间
它早已遁回我的血液和肺腑

——我究竟在害怕些什么
我属于何种秩序?春夜沉沉
我真想把自己重新折叠,关进那种寂静
以便能轻松地叹息和入睡

灰姑娘

十八九岁,各地辗转
曾经学画度芳年

有段时间,求学于高村的一个画室
我,育红、竹林和小园
彼此形影不离
一起写生、临摹、挨训
一起高谈阔论、踌躇满志

我们曾漫步于广阔的原野
在一座空坟前停下脚步

看四脚蜥蜴在阳光下热烈地交尾
也曾在月黑风高的夜晚
偷挖村民的地瓜

当黄昏来临
我晃着脚，坐在窗台上用单音吹口琴
她们则跟着曲调轻轻哼唱
郑钧的《灰姑娘》
……是的，一群真正的灰姑娘
在那时
摇头晃脑地吹奏着，哼唱着
每个人都觉得来日方长

一个例行散步者的碎语

为了不至于重复
每天的散步
我选择不同的时辰和方向出行
进入不同的街区
汇入不同的生命的河流

路过一个个不同的你
我捕捉那不可重复的音容笑貌，吸纳着
每一丝独特的人间气息
我明白时间有限
我和你，也许永不重逢
只为了我心中
对这世界奔腾的爱意
只为了使这短促的一生得以稍稍延长

有时夜深人静
我偶然停留，被映在沿街橱窗里的自己惊醒
独自呆愣半晌

有时,斜阳尚好
沿着街道向阳的这边一直走远
回来时经过它背阴的对面
一路上,踩着发黑的
未曾融化的积雪
如同踩着我体内固执和残缺的部分
在北京早春
生冷的夜风里,我双手捂着耳朵
几乎要落下泪水

我植生命于简洁的瞬间

下弦月又升起
林荫下我停住脚步
再次听取一个声音
在永无止境的躲藏中
努力区分
原声与回响
我知道眼前的一切都是真的
只要这无尽的月色和林荫继续
就让我相信
时光迂回反复
生命的每一个瞬间
都经历着与宇宙的相遇
这样,我的心碎就会到头
就会成为完整的东西

阿翔诗歌(5首)

剧场,悼亡诗
——哭辛酉

在河边散步,穿过分割的空地,身边的人
伸手张望,阳光照不到虬髯的脸庞
他所厌倦的,是厌倦声色犬马的肉身,路过的地名都熄灭了
我只能拾捡到纸片,重音带走热气

这就是安身立命的去处,"寻找已经结束。"
他们曾经来过这里,夜间偶尔的啤酒瓶子的吵闹和
十二点钟的撒尿声,在我周围,腐烂在冬天比夏日更迅速
我听见他的行走依然没能减缓

耽于孤独,无言是不起一丝波浪,从内心陡峭的山坡上
滚下来,或者永久地远离河流
那将会犯常识上的错误
黑暗中的骨节咯咯作响,我省略了他的需要

火苗溺于柴禾,饶舌困于沉默
亦非一家。需要他醒来,把它变成昏暗、繁乱的一天

钢筋水泥内宠物，居内发疯
正如睡时一样，静静地，纯属多疑而恐惧的假象

这情景空无一人，在这首诗里失踪十五天
浓密的树影越来越变得更深，仿佛他站在身边
我纵容他的堕落，幼时暗疾藏身
午夜醉醺醺分手，没有好习惯

每天更加有如分崩离析，少年迷恋各色脸谱
耳边一直有风劲吹，绝对漫长
不须阐释，他有理由避开修辞和多层的迷宫，生死不论一念
澄澈在他满心中，灰尘落向我的寂静

剧场，桃花诗

尚盛开。仅限于满目，环绕着荒凉地貌
那一天我见到了桃花，于春天秀骨灿灿，树叶幽咽
在此地，我从不辨别方向，光而不耀
仿佛风是多余的，在我身边显得软绵绵的，白天不想夜晚的事

尘埃弥漫。允许我坐下，允许我跌入混沌的睡眠
"耽于幸福的人，在空中嬉戏和纠缠
耽于孤独的人，说出来，说出清晨和木栅。"
每天的桃花，皆奔其命

我无视于虚空，内怀鸟翅
既不深入，也不浅出，我不是说在完美
更多时候遭逢漏雨，沉郁顿挫不一而足，迎着繁华
粉红色的桃花唤起密语，"你将如何安顿。"

世间清净就是如此。这个被普遍赞美的生活
像从前，身体经常发烫
它与卑劣相互排斥，我绝不让自己变得麻木

如果是这样，那就一同斑斓与温暖

落在肩上的那一瓣，替我呼吸
我承认，我的确不知需要多近的距离才能听到虫子唧唧叫
替我退守到黑暗的一边
回忆那些蔚蓝、钙质的隐痛以及欢喜

剧场，献给一个人的旅行诗

必须逃离正在进行的平衡术，像放大的瞳孔
凝视着垂暮的旅程
在起点和终点的其间，扔掉多余的部分
接受我的秘密的疲倦，只需要抓住溜走的时光。
你看，我有点磨磨唧唧，厌恶明亮的道德
遗弃来自美和疾病，"美人迟暮
是没有目的地
摆脱了日常生活后的轻松。"（你去爱，誓言去爱
用天边的紫云，用陌生的道路），有一刻
风显得你虚弱，属于唱诗班，那安静的，新奇的
永远充满细碎的远方。雨伞漏落雨滴
看见桃花坠落，容易感受到人生没有尽头
对于岔路，你可以忽略不计
但随时留意我在旅行中的树和树林、山峰
我从不迷信冒险。因此不多远，你的双腿瑟瑟发抖
并且守候着祈祷，（直到我的到来
辨识出整夜的户外）
这让我相信"情感的奇迹"确实存在
我还做了"身体因酒精过敏"的梦
以至于在旅行中戒掉自身的孤单
和剩余饥饿
你再看，真正的旅行只有一次
其余的都不算。

剧场，献给一个人的亲爱诗

这一次我舍弃了安睡，被搬动的石头留下
空洞的部分，好像不这样
就换不来莫名的变化，正是在这个时候，"我把它表达出来了
是你没有听说过的表达。"
嗡嗡叫的体温，大约隔一个房间
那柔和的窗帘
总想掩盖自己的无声无息，这意味着会惊醒你
或者面目全非，都是戏剧性的。
在偏僻的省份
过度的衰老使你
返回少女，这就是代表我要改变的一切
不能有丝毫累赘。我知道
你并不能理解，"生活是那么渺小
比想象中还要简单。"这些话远比世俗的悲伤
来得结结实实。实际上，我很羞愧
你看到的是另一些时间
尽管如此醉酒和空气，依旧混合
那背景一换再换
被冲破河堤的波光照亮，不断变换体位
"爱情把你变为我身体的一部分"，这牵涉到
你规定的命运，但又无法摆脱
继续平行无限的渺茫。我想此时在一处陌生的沼泽
和空旷拉近健康的距离
仅存的可能是你留着我最熟悉的东西
每一个细微的动作充满喜悦。

剧场，献给一个人的亲爱诗（续）

至今仍不知如何应付死亡
这沉重的话题。

有一盏灯入夜从来没有熄过,过去
你没有解开的扣子,现在解开了,躯体中包括了
你未来的死
寂静至极,足以伤害一切,我明白
这首先是伤害自身。

我不觉得一个人的呼喊带来所有人惊悸。我可以坐下来
与远方相邻
终究迷失于夜间。
你时时失眠,甚至于在梦中
有庞大的根须,只想拼命吮吸水分
是呼吸里的冷。
昨天我一直没有说,走得越远
所陷就越深
用何等傲气对付清晨发生的一切。

我这样做仅仅因为溢出的香味
这不是你的病情。一牵动就引发嘶哑和发炎
"多好的生活,你必须把已经确定的再坚持下去",为此反复播放着
　　音乐
我故作镇静
要求自己抵制沉溺和颤栗
今日不比以往
你不必害怕白昼跑得过快。

弥赛亚诗歌（7首）

阴郁鹅

三头鹅，站在地板上向昏暗靠拢
它们静静地伸长颈项，好像离你很近
兄弟，你为什么也一言不发
莫非是异物入喉，天将大旱
你看春天的瓷器冰凉，春天有沉沦的倾向
草木空了，蝌蚪远去，天边飘走一朵云
鹅们很清楚，这季节干涸，会现出背影
眼前事如万古愁，欢娱抵不过一丛溪流

尾声再

你拨打的用户已关机。
你使用后的避孕套
不再是属于你们俩的。
床上棉絮薄，天外云层厚
小雨来得正是时候
这些是发生在 2010 年的事

在此之后，你仍然是家里的老幺

那倒数第一的角色
你将继续压榨那一段甘蔗
明知是镜中花，还要捞水中月
身体已沉得越来越深
但你的背影哪儿也去不了
它与你的睡姿
是完全相同的搁浅方式

你见过雪花落在大海上吗

雪花落在大海上
是一种什么样的景象
当你在航行的船边
看见漫天飞舞的雪花
轻轻飘落在一望无际的海面上
立刻就消失不见了
它落到哪里，哪里就是它的埋葬之地
在冬天，大海怀着一腔秋心
把雪花融化成浪花，上下翻涌
它重新获得了生命
如此而已，直到再次死去
我从未想过雪化为水的过程
是这般天然、毫无痕迹
像我的理想，曾经雨雪难消
如今不知不觉消失得无影无踪

未来之雪

两个月之前的远山，山顶堆着雪
他沉迷在捡来的望远镜里
从兴奋叫喊到沉默，不止一次地沉默
那一次的雪很白，他的衣裳很脏

青山像泼出去的水，再也收不回来

一切在流逝。雪在两个月之后
会彻底消失。陈谷子、烂芝麻
麻雀、市集、你临时保管的生命
一切皆化为水。被倾泻、被流淌

被深渊，更盛大、更荒废、更安静
下次大雪，瑟瑟发抖，桥上行人依旧
国家比槐树底下的蚂蚁们睡得更安稳
我要把你的门板卸下来，停放他的尸体

皮囊已锈

头颅正在失去，然后另外生长
昨天晚上已刮过风
然而下一场风暴会再到来
因为乡村的磨盘没有尽头
因为非法集会的人们
永远自由

身边的枫叶和影子
远处的人群和马克思
你是那片乌云
不是被利用的美
我是那片慢慢生长的锈迹
不是那块铁本身

葡萄架下

在葡萄架下，有一把蓝椅子
油漆有点掉色了

另外还有几把藤椅,喝茶的人
坐在上面
所以在葡萄架下
还应该有一杯茶
这是在武汉,蝴蝶飞过来
停了一小会儿
你瞧,这里有一只蝴蝶和一个武汉
一个不说话的省份
一个积雨成河的国家
在葡萄架下,只有蓝色椅子是空的
不久后,散步者从人群中回来
填补了这个空隙

美的历程

伙计把卷帘门拉下来
他们打烊了
酒鬼在窄窄的巷子来回地走
以为快到家了
过了一夜,早起的鸟儿
还是没有虫子吃
难道它想再次飞到笼子里去
我这样想着
差点被低矮的树枝碰了头
街上有一地的缤纷落叶
还有不期而遇的阳光,温暖着
正在降温的洞穴
日子循环往复,磨破了蚂蚁的鞋跟
山中小路
是寂静之美的历程

卓美辉诗歌（4首）

城:游记
——从林公祠到南后街

1

数步之遥。你和我
各自怀揣的石块,依然
湿而沉。土木精造仿古街
一朝铺满阳光与游客
"这就是三坊七巷^①"
泥塑彩绘马头墙
翘角初露,热情的买卖
"我们有整个下午……"
甚至夜游,月牙正弯

南北口音之间
风味小吃连绵
为何不停步尝一口?
和风拂面,绿枝招展
奶茶店将裱褙铺
推往宫巷一侧。向左走
时光书吧有冷板凳
你我并无意

以身体温暖

2
前一时辰，在林公祠②
你叹谓一棵年轻的榕树
也郁结苍苍根须
蔽天浓荫下
穿堂过花厅
我一路吞吞吐吐
慰解之语寥寥，仿佛说给
这个祠堂的故主听

其实当时我真想
一转身，把美貌导游
与一众港台同胞都关进树德堂
这个下午，除了你我
唯有池中鱼
水榭戏台前
沉默的色彩更斑斓。已被我
一一涉及

3
在我的南方小城
秋风无处扫落叶。岁月有情
譬如此间的禁烟英雄
几乎就是这座城池的主人
（当然是我幻觉）。记得当年
年纪小，最烦古香古色
祖先的阴影，在午夜回廊出没
"十九岁那年离家出走
各种冲动，你很难体会。"

而这一切，又如何变成从前
开始爱听风声雨声

愈夜愈清明，摸索于
经卷内外，股掌之间
圣言如灯颜如玉。开始
欲将此数亩仿山水旧庭院
联通榫接入我易碎的梦乡

4
粉墙黛瓦外，石板路
通往寻常百姓家
有相似的面貌、口味及
物价上涨指数。被相似的
每一棵榕树关怀庇护
天井间，那口古铜水缸
倒映的青天，有钱币闪亮
易逝还是不变
她见过，她知道……

南后街尽头，冰心林觉民
缘何共处一居？朱门紧闭
不得窥。双抛桥②前连理枝
我依然想回首，邂逅
星巴克二楼美人靠。看那——
夜幕低垂，歌舞升平
高楼深秋锁白领
城乡凋蔽多闲人。一场接着一场
阵容盛大的影视剧

注：
①三坊七巷：福州至今还保存相当规模的自唐、宋以来形成的坊
巷，这些坊巷中以"三坊七巷"最为著名。"三坊"是：衣锦坊、文儒
坊、光禄坊；"七巷"是：杨桥巷、郎官巷、安民巷、黄巷、塔巷、宫巷、
吉庇巷。

②林公祠：即"林文忠公祠"，创建于清光绪三十一年(1905)。内有仪

门厅、御碑亭、树德堂、南北花厅、曲尺楼、竹柏轩等建筑景观,深具
江南园林风格。

③双抛桥:杨桥巷(南)有"双抛桥",此桥处东西两水"合潮"地,古
有"万里潮来一呼吸"的内河奇观。双抛桥前相向而长一对榕树,在
空中枝叶连理,相拥成阴,传说有青年男女殉爱的凄美故事。

当年的河边

1
他们之间,许久
不说话

神色相似的脸
朝对岸,热切地

要在那一片空濛中
望见什么

寒风弃舟
渚清沙白,却没有

一只鸟飞回
及时应景

2
如果当年,有人
看到他们的手

紧握,那只是因为
年轻的痛苦

总是如此相似

没有秘密，也必须

以彼此握紧的手
护住，以免坠落

黄昏的泥滩
沾染不义的腥味

3
寒风弃舟。今天
他们已不再年轻

共同的疲惫
及各自的欢娱

令他们及时放手
唯有当初的痛苦

依然纯洁，且化作
一支夜曲——

在空洞的生命间隙
流传着，无休无止

给真的清晨小调（仿回旋曲）

这个清晨我不在床上。不需要
变色的窗帘　多难得，露水打湿长发

没有镜子没有枕边书的夜晚多难得
真的你看　是这条河，偷走我的睡眠

我要找一棵最大的树底下蹲着

没有人会认出 多难得。装一朵花

我真的可以。在这片草丛间打滚
让每个词发出快乐的喊叫 多难得

漂流木

躺在时间的河流上 我曾经
以为我愿意 剔除繁杂多变

的枝叶 不再屈从季候安排
我曾经多么希望 一路纵情

漂流 南方六月温润的江面
水源丰沛 沙洲在形成支流

一路弃绝 沿岸的桃红柳绿
矢口隐瞒飞鸟的去向 直至

入海口 深水静流 你把我
捞起 朝我呵气 反复叩击

你觉得我是 一条鱼么？你
忘了自己也曾经是一根木头

没有来源 没有潮汐 到来
将我们一起带走 也许眼前

这片海域 同样是没有出口

张紫宸诗歌（4首）

春日的夜晚

大气宁静。星光回旋于井壁。
看哪，所有脸庞都映现在天宇中心！
没有羞愧的假想或追逐
然后是自由之声穿越漫漫长夜。

宁静从未停止，随着波涛起伏
为我们贮藏可能的梦想。
有人痛哭，战栗着，相互拥抱
头和脖颈。有人赤着脚

奔跑在洁白的沙滩上。
从现世无法洞见的深处，一浪一浪
涌动神祇的回声。起风了！
风暴竖起大纛，缓缓漫步海上。

我捧着你的肩。发丝缠绕住
披肩月色。匿藏已久的事物全回来了。
看哪，阴影浓重的花架下，壁虎的
尾巴搅动了黑暗中的天象。

写给上帝

上帝，那么多人死去。
一代一代。领到您那儿。
囤积在您眼前。
星光会不会暗淡？
月亮的风采，会不会
为人世茫茫蜉蝣遮蔽？你
持令牌的手会否因而犹疑？

我认识这些写诗的孩子：
用嘴、唇舌、身体
包括四肢和臀部，口水和
每个孔窍里的分泌物。
啃"诗"这僵硬的骨头。争喝
一滴汤。灶上和灶下。
我认识那些例属本时代的善人们
他们把吃剩的早餐——
一块中产阶级的马蛋
——施予同胞和疯子。因为
您知道，仁慈的心无论在中东、
小亚细亚，非洲或南美，
都无一例外折射出您的光明意旨。

上帝，让我也快快成长
做一条逻辑清晰的猪吧！
亲吻神圣的黑馒头。
论证谨严，才思细腻，文笔优美。
直到有一天，被随便一些人
——我想这该是圣使——
领到您那儿。踌躇满志
忐忑不安。报告毕生业绩已竟而

所有与我打过架——
胆敢与您的平静和伟岸相颉顽的喽啰们——
他们，依然混迹凡尘，游手好闲
过着不人不鬼的生活。

美人鱼

晴朗的夜晚，美人鱼在跳舞。
她们占据了整座冰山。
裸浴，嬉戏在浅水里。
黄昏的海水上跃动着裸体。
金色的海水，一张张床，梦幻的船舶
为其组建了迷宫和寝室。

她们扬臂、投足、舞动，踉跄的火烈鸟
穿过原始森林，穿过海底世界
为海豹的漫长午餐准备赤裸的飨宴。
啄食丑陋的矿沙，雕琢珊瑚之屏
仿佛梭标洞穿一个个绚烂的航道。

她们静寂，旁若无人。
轻轻搓洗洁白的胸脯在近水楼阁。
双腿结实修长，套在革质的鞘里。
黑暗的浅海一片荒芜，一片迷人的银色。
这是没有人到过的黄昏。这是
正在消逝的美人鱼。

情人节献诗

一百年过去了。当初的爱情
现在依然鲜艳如初。现在，我，
一个一百二十多岁的老太婆

站在这片海岸，离春天的礁石不远
脚下的岛犹如椭圆形落叶
将我轻轻托举

悲从中来。那个我折磨了一辈子的人
再见不到苍茫的额角，他坚毅、他的
柔情为之储存的发黑眼袋。
在冰冷的石棺里，这天才的青紫的
唇线曾满怀苦难，含糊而颤抖着
发不出半个元音

除了清风和春日鸟鸣，不会再有
嚼舌根的同伴满怀醋意挑唆离间
她们艳极一时的红羽绒惟余几丝残线
措词熟稔的道德家和饱受训练的女巫
在历经炼狱火光的层层漂洗之后
魂归暹罗

一百年了。多少幸福家庭离散而我的不幸
被孩子们在教科书中反复吟诵。
一个时代的忧伤哀愁重构为另一个
时代的神话和爱情寓言。而当初
我是为一毛钱而备遭
生活欺凌的少女

杜元诗歌（6首）

科巴村

科巴村
在化隆县
两个少数民族的自治县里
在青海
在高原

从黄河上游的积石山
大峡水电站右侧
上一条乡级公路
一直往前
翻两座大山之后
进入
一条喘不过气的山谷
再上一座嶙峋的大山
然后野马一样下到谷底
突然向左

开阔的川谷
荒无人烟
几个世纪以前

被燃烧过
被烤灼过
不能用词语形容
视觉在远处
景色正适合记忆
它们全部存在

山体通红
逼着人的呼吸
连绵
再连绵
之后是无尽
之后是漆黑的路途

四面是山
一条洪水冲击出来的川谷
还有几只牛羊
走到沟谷的尽头
就是科巴
科巴村之后
还有丹斗寺

活　佛

佛是死的吗
难道活佛不死

我认识的活佛
吃饭　穿衣　睡觉
然后醒来
他活着
以榜样的力量
存在

以毁灭的力量存在
以不朽的力量存在

存在是自由
自由是涅槃
涅槃是活佛

雪夜温暖
——致杜明

即使春天来临
也需要等待

这个夜晚
凌乱的雪花
令人温暖

温暖
使人希望
另一个春天的到来

每一个时辰都有滋味
每一个季节
都有温暖

存 在

面对山川
季节来临
准时
悄然
逝去

存在感
再次陷落
轰然
无声

河流不断
总是动荡
浮着腐叶
垃圾
以及莫名其妙的东西
漂到看不见的地方

人生
呼吸
一声不够
再叹一声
喊出悲哀
直到悄无声息

在兰州

北面是山
南面是山
西面和东边
也是无尽的不毛群山
黄土的颜色反射到天空
从中间穿城的黄河
泥沙俱下
悄无声息

两岸的梨树
落尽荣华

春季的喧哗
仍在耳际
一起进入真正热闹的夏季
进入疯狂无序
杂乱肮脏拥挤的
狭窄之城

俗 谛

题记：佛性，俗性；
赵州和尚说："菩提
亦名烦恼。"

我抄《金刚经》
《金刚经》读我

秋风卷木
我如秋叶

所谓悲喜
也是万物的悲喜

江行初雪
不知西来之意

夏夜梦热
赤裸彷徨

放不下多少事
拿着
就是如常俗人

《到此一游》 20X30cm 丁山 画

跨界
CROSSOVER

诗 | 建设 Poetry Construction

洪厚甜

　　著名书法家，1963年出生于四川什邡。中国书法家协会理事，中国书法家协会评审委员会委员，四川省书法家协会理事、创作评审委员会副秘书长，四川省政协书画研究院常务副院长兼秘书长，中国书法家协会培训中心教授。

释空一

　　字一默，1982年生，出家于四川巴中佛头山极乐寺，任监院，现以笔墨、文字、编务等微末之技客居京华。主持编辑《水墨味》艺术杂志、《梵净》佛教艺术旬报及中国国学网文化推广等。现有一默禅房在京北闹市，忙时弘法，闲时饮茶。

风吹过，书法在里面

洪厚甜 / 释空一

洪厚甜：我们有时候说笔墨就是仅仅在谈论中国文化，其实这是我们民族概念自我局限的一种表现。如果艺术有国界，那么思想呢？艺术，应该是没有国界的。我们可能作为一个政治划分，作为一个民族利益的划分，可能区域与国界很重要。但是就文化和思想而言限制一个地域，限制一个民族的话，这是很悲哀的事。

释空一：这的确是很悲哀的事。前段时间与孔子第七十五代孙孔建先生交流，他在日本是几所大学的教授，著名学者，他讲《论语》在日本几乎是家家必备的典籍，有一个很形象的说法，日本人是左手《论语》，右手算盘。网上曾一度令国人愤怒的韩国抢注端午节的事情，在我看来很正常，你不过节，还不允许人家过了，这不就开始有清明、中秋诸假期了么。净空法师讲得好，"谁继承了中华民族的优秀传统，谁就是炎黄子孙！"炎黄子孙不是狭隘的指人群，而是指包容万象的文化。当年张大千见毕加索的时候，毕加索在用算不上毛笔的毛笔在不是宣纸的纸上临齐白石的画，张大千很高兴地送了一些笔墨工具于他。一个伟大的艺术家，第一点，他是虚心的，包容的，进步的。艺术不是孤立存在的，伟大的艺术都是融合的产物。

洪厚甜：在交融的过程中，你未必会丧失你自己，为什么？我们在看同样一个杯子的时候，我们眼里的杯子会是一个样子吗？

释空一：当然不是。

洪厚甜：你看到的是杯子的柄，我看到的却是半杯茶。面对一个事物的时候，每一个民族都会有自己的角度。我们汉语里面融入了很多外来词汇，我们并没有把汉语变成英语。

释空一：包括中国现在很常用的词汇很多都是从印度佛教里来的。

洪厚甜：我们现在很多人的问题就是没有找准自己的角度和位置，所以说只有盲从，看别人的时候自己就渴望变成别人。我看月亮的时候我就变成了月亮，我看大树的时候我就变成了大树，而不是深入本质。

释空一：我们常说境随心转，但很多人是心随境转，心没有达到如如不动，始终只是浮萍随波。现在我们自己的东西没有掌握好，传统的东西没有植根清楚，所以看到别人的东西都想创新，盲目创新只会迷失自我。

洪厚甜：这是很可怕的事情，你真正了解艺术的本质之后，你是不会轻易去提创新的。

释空一：这是对的，创新从来不是喊出来的。

洪厚甜：一个万花筒，如果万花筒给特意改造了，也许万花筒下一个花就没有了。音乐只有七个音符，有三个音阶，用它所有的都能表现，如果哪一天哪个家伙把音乐增加成了1、2、3、4、5、6、7、8，完了，音乐就没有明天了，就好像一个万花筒，非常完整的万花筒，我们不断翻转可以不断有新的东西呈现，当你破坏最根本的东西的时候，你会连眼前的东西都丧失掉。我们现在搞书法就只是注重锐意进取，很多人拿万花筒不是按规律来翻转，而是拿来往地上摔，可能摔破以后它成为了一个新的东西，但是它不是万花筒，它是垃圾。丧失了最本质的东西，这是很可怕的。

所以说我们很多创新不是超越，实际上只是对艺术的不了解和无知，缺乏起码的自信。

释空一：对，这是当下中华民族的诟病。

洪厚甜：如果曹雪芹老是想这几千汉字，就能写出一部《红楼梦》吗？那他下辈子也写不出来《红楼梦》。贝多芬老是想这几个音符怎么就能表达音乐的全部呢？那就真完了，什么也别想听到了。我跟他们说，不管说多厉害的书法家，只完成了三个动作，哪三个动作？起笔、行笔、收笔。什么是起笔？毛笔怎么样放在纸上；什么是收笔？毛笔怎样离开纸；什么是行笔？从放在纸上到离开纸的区间就是行笔。不管你是王羲之、李羲之、颜真卿、李真卿全都是这三个动作，你说谁还有多余的吗？就这三个动作里面，所有的东西都呈现了。都拿着这一支毛笔，还是这张纸，还是这个墨，还写这首诗。你用这支笔蘸着这个墨写到纸上，你写这首诗一个字不落，标点符号都全正确，废纸。别人写掉一个字，就算掉的只剩一个字，它也是宝贝。

释空一：很多东西现在都是经不起推敲的，不过关的，包括现在的教育体制，包括现在的导师，现在很多带学生的导师们，教育方法都不是很正确。

洪厚甜：不是很正确？这是我多次谈到的观点，我们大量的老师是在认认真真把学生教坏。

释空一：我们讲这是毁人不倦的表现。

洪厚甜：在既有的体制和机制下，我们能做的就是影响一个是一个。

释空一：对，这个非常关键。

洪厚甜：黄宾虹伟大，黄宾虹带出了谁？带出了林散之。他带出一个就是一个，每一个都立得住。

释空一：他书法带出了林散之，他中国画影响了李可染。

洪厚甜：我们再说其他的，弘一大师，弘一大师带出了丰子恺，带出了刘质平,带出了潘天寿,能影响一个就影响一个,但是齐白石带出了谁?吴昌硕带出了谁?他们个人的成就是伟大的,但是他们的教育是失败的,没有一个学生真正成为大师。

释空一:对,大家有,大师没有。

洪厚甜:所以说教育真的是一个很根本的问题,一个学科的教育状态决定它的未来,一个人的教育状态决定他艺术的传承。我们很多人忽视教育学,教育学太根本了,就是人才培养学。你不知道怎么去教导别人,怎么去培养别人,你就更不知道怎么把握自己,你说我不懂教育,我只不过是不知道教别人,不对,你也不知道怎么把握你自己。人不能只活今天,人是因为有明天才有生的诉求,才有追求,追求不是今天,今天的积累,是为了明天更好。人生才有希望,没有希望的人生是黯淡的人生,不会是灿烂的人生。艺术同样也是,它不会因为今天我写了好多东西,我把今天定于终点,把作品全部烧掉,然后对人讲我很坦然。没有一个会是这样的。著书立说都是为了把自己的思想传承下去。

释空一:把宝贵的经验流传下去。

洪厚甜:就是,所以人类的传承是人的集体智慧的传承,而不是哪一个人的智慧传承。

释空一:对,绝对是,没有单独出来的,历史上没有这样的人,个体的存在只是消失在历史烟尘中的一次短暂碰撞,就像石子掉在水里,仅浪花而已。

洪厚甜:在时空里面你就是这一环,你就是人类文化史传承的一条链,你只能做好你这一环,你不能当前面那一环,你更不能做后面那一环。

释空一:就是当下的。

洪厚甜:人只能是顺天时、应万物,人在这个时空中,你生在这儿你就努力把自己每一天做好,把这个角色做好。那么这个角色就有一个承上启下,这个就是一种历史感,没有历史感这个人的价值就大打折扣,就没有责任感,就没有责任心,那么这个人对社会的价值也大打折扣。你可以是一个无名小卒,你可以是一颗很小的螺丝钉,但是你这一辈子把螺丝钉的责任尽到了吗?

你在二楼的时候,你不知道三楼会遇见什么事情,也就是说我们在二十岁、三十岁、四十岁的时候,不知道五十岁会遇见什么事情。但是人只要你不断地修炼,不断地提升自己,你会向上走,至于是什么形态,我们不计较。你今天是僧也好,明天是佛也好,后天是圣也好,那都是天地造化,人只能尽自己最大的努力而已。如果我不努力,我现在就是一个小厨师,最多只是从一个小厨师变成一个老厨师。我的同学还背着书包上学的时候,我在餐厅里面当厨师,在一个小县城,八十年代的什邡小县城,就是和湖南的普通县城一样的,都是穷乡僻壤,行路艰难。坐汽车到成都要四个小时,不下雨的话,就好像现在机耕道一样,去一趟成都就好像现在去美国的感觉。

我十二岁第一次出门,就是到什邡的两路口,从铁路上走过去,几个同学趁着小学毕业走到两路口,我买了一支钢笔,三毛钱。初中毕业第一次到广汉,骑自行车去的,我不会骑自行车,他们带着我。吃了一顿午饭,花了四块钱,一桌饭十几个同学,吃得很好。读高二第一次去成都,还没有进城,是学校团支部组织的。我是作为团支部的特邀,当时我还不是团员。到成都还没有进城,玩了三个地方,武侯祠、草堂和动物园。坐的是什么?解放牌敞篷汽车,就是抗洪的那种,老师、学生站在车上这样去了一天,匆匆来回。

这就是我在参加工作以前,十七岁以前走的最远的地方,就是我当时的生活半径。

所以我做书法,我都没想到我这辈子能够做到现在,我更不知道我十年之后、二十年之后,还能做到什么样子。

释空一:对的,因为每个人不知道下秒钟是否还活着,因为人事是无常的,所以我们如果不把握当下的话,当下自然也不会照见我们。

洪厚甜:我们要把我们的因做好。

释空一:很多人都是重果不重因,像喝酒一样,就怕我喝出胃出血,害怕胃出血,害怕肝功能损伤,他害怕这个,他不害怕每次举起酒杯的这一刻,他老是说喝一口没事,他不害怕这个。

洪厚甜:我经常跟他们说,我现在不学习,以我现在的状态,可能在书坛上还能混个三到五年,三五年后该滑坡的时候谁也挡不住。

释空一:很多书法家以及评委都开始表现得很明显了,上次在朋友处翻看九届国展的作品集,朋友说你从多少多少页开始看吧,前面的毁眼。所以网上一直在呼吁,我们需要对称的评委,现实是无情的,非一般无情,你不进步就是笑柄,二十年前你是大家,二十年后可能就成了门外汉。

洪厚甜:所以我们现在不讲是对自己负责,还是讲对社会负责,还是什么、什么,我们都不管,当务之急只有无条件地学习。

释空一:这个是对的,无条件地学习是真正的看病、吃药、对症。

洪厚甜:学习是多种形态的,任何给自己划地为牢,我只学这个,不学那个,实际上都是给自己在竖墙。我们聊天也是学习,我们出去教学也是学习,我们去报名听课也是学习,跟方方面面的朋友交流也是学习,我换一个工作环境,从什邡县城到成都是更大的学习。我每天接触的人,每天想的事都是学习。也就是说当我换了一个天地的时候,完全是更全方位地换脑子,以前那种既有的环境彻底被打破以后,到了一个资讯更多,信息量更大的环境,那么进步的可能性就更大。人改变你自己的捷径,就是你改变你生存的环境圈子。一样的,没变过。我经常跟学生说,你长期给生产队干活,你最后就是优秀的到生产队长,你长期跟外交部长在一块,你睡觉想的都是国际问题。我们在交往既有的同时,要拓展自己交往的层面。

释空一:对,不要闭关。

洪厚甜:你从来就没有见过大师,你怎么知道你会成为大师,你连成为大师的条件都不知道。

释空一:没有标杆。

洪厚甜:我们成佛的状态是什么,我们要了解佛。我当年在灵隐寺的时候,和中国美院的林海钟,以及其他一些搞书画、文学的朋友一同上灵隐山上去,那天正好是十五,午后细雨濛濛,吃过斋饭以后,寺里的僧人就开始颂经,我们在山上漫步。一个搞文学的朋友问我,洪老师你搞书法,你可不可以给我们说一下书法的最高境界是什么？我不讲书法的伟大，境界有多高，只说了三个字"不知道"。他一下很诧异，他没想到会得到一个这样的答案。我为什么会这么说呢？第一，我从来没有到过书法的最高境界，我怎么能够告诉你，我凭什么能够告诉你书法的最高境界，我只能告诉你我曾经感受过的境界和我理想中的书法境界。

释空一：对。

洪厚甜：我肯定有一个理想中的境界，但是我的理想是不是书法的最高境界呢？

释空一：只能代表你对书法理解的最高境界。

洪厚甜：也只能代表我当下的理解。就好像婚姻家庭一样，小学毕业的时候，他心目中的家庭婚姻，中学生的家庭婚姻，大学生的家庭婚姻，和你成年以后 40 岁、60 岁、80 岁的人，当面对同一个话题的时候，答案未必会一样。

释空一：这跟中医的理论很像，因为中医同样是一个问题，比如同样是感冒，给小朋友开的药，中年人开的药，妇女开的药是不一样的，这是中国文化的精髓。

洪厚甜：同样一个病，前面进来这个方子吃了就好了，后面进来的这个方子吃了就死了。

释空一：对，这是中药的科学之处，是最人性化的。

洪厚甜：所以西方人很难理解。

释空一：中国人都无法全面理解，中医用药就是在找一个临界点。

洪厚甜：我当厨师的时候，这个汤放多少盐，我只要尝一下，用勺子轻轻在盛盐的缸子里轻轻一靠，我没有看到上面沾的盐，但是我知道上面有多少盐，敲进去就正好。这就是一个区间的问题，我经常给他们讲课的时候，就说技术区间。个位从一到九，九点九都是个位，没有到十的时候区间都属于个位。十到九十九都是十位，个位、十位、百位都是不同的区间。我们任何一个书体也是一个区间，楷书，有纯正僵化的馆阁体；有天真烂漫、自由的魏碑，就是两级。那么行书有接近楷书的行书，有接近草书的行书，草书也有接近楷书的草书，章草就是接近楷书的草书。然后有大草、狂草、一笔草，这个区间是很大的。

我们在做任何一个学问的时候，实际上都是有核心有边界的，这门学问最根本的改变要通过边界的改变，然后影响核心的改变。如果你边界的拓展对核心没有建设意义的提升，对它的提升，你的边界改变就是欠考虑的。如果没有边界，那么这门学问就是一个死水潭，往往改变所有的诱因都是从边界开始的，也就是说从这一个书体到另外一个书体的连接点来改变。但是我们一定要认识到这个问题，你边界改变的价值，最后是取决于你对核心的影响力，你在那儿说了半天，今天要创新，明天要创新，对核心没有改变，没有影响。所以我们一定要对核心价值要有一个非常理性、客观的判断，这个判断决定你自己的整体修养，不是拿出一杆毛笔写两篇字这么简单，毛笔字谁都可以写，写的价值何在？

我们很多人今天当书法家，明天当画家，最后又当音乐家，最后全都是没你的事，所有的事你都是看热闹的。

释空一：局外人。

洪厚甜：就说你到这儿来，你也是看我们的热闹，没你的事，你走到那儿也没有你的事，你可以在那儿站半天，你可以搬一张床过来睡上一觉，也没你的事。一定要进入他的核心，你进入以后，你再去做其他的事。

释空一：这是深入的本质，楠木可以成材，而浮萍永远只是点缀。

洪厚甜：我们看到现在有很多艺术家，他自我感觉特别良好，为什么？因为他境界就那么高，他每天看到自己都是美人，这样很惨。当他去指责别人的时候，他不知道自己拿的尺子就有问题，别人一尺是十寸，他一尺只有三寸、四寸，他戴的眼镜就偏光，看世界上的人都是矮子，总以为自己就是最高的。

这个世界并没有发生改变，谁在发生改变？天上挂个月亮，没有人类就有月亮，人类几千年还是这个月亮挂在天上，并没有多长一根毛出来，但是一般人看到了什么，月亮光光。李白看到了什么？苏东坡看到了什么？书法几千年就是一个起行收，为什么其趣无穷，其味无穷，其魅力无穷，上至皇帝，下至百姓，谁能够把它穷得尽。一面镜子照着你，并不是说你要把镜子做成什么样子，你更不是要弄成哈哈镜，哈哈镜一变的时候，全部人都变成一个形象，所以说做艺术就是要客观，就好像一面镜子一样，你对它改造得越少，它反映越真实，你对它改变越多，就算变一个新的东西出来，其实这种新是限制你所有改变的。

所以说有时候对本质的改造往往是最根本的破坏，有些人不知道珍惜这块镜子，老是说我的面相有问题是镜子有问题。

释空一：睡不着怪枕头硬。

洪厚甜：所以真正的修为还是自身的修为，我们所有的技术技巧就是做一面镜子，很本质的镜子，让你自身的学术、学养，人生的体验，生命的感悟全都能够本质地展现给大家，就是成功的作品。我就是按照这个理念来重新学习，这个理念也是我现在的理念，五年之后我会不会改变，我现在不知道。

释空一：都一样的，我现在说的话，我师父问，你说的话是对的吗？我认为是对的。他说，你再过两年你认为还是对的吗？我说那我保证不了。他说你现在认为是对的，你以后不一定认为它是对的，再过几年你认为又可能是对的，没有死的东西。

洪厚甜：我们不能保证它是对的，我们只能说，就我们现在的思想，我们去做我们的镜子。在我们现有的存储下去完成自己的追求，因为人很难超越自己的世界，眼睛能够看到的我们把它称之为眼界，思想能够想到的我们把它称之为意识界，我们现在能够想到哪里？人这个空间实在太小太小。今天我们见面，不管是以前网上我们的了解，还是其他，但是在此之前，在我们彼此了解之前，你的世界里没有我，我的世界里没有你，哪怕就是面对面，我能够进入你的世界，你能进入我的世界吗？还有很多很多这样的问题，你在北京时，我在你的世界里可能有了一席之地，我们今天交往了，你在我的世界里有了一席之地，但是我们楼上楼下他们的世界里没有我。连这个空间都进入不了，你说这个世界还是多少个多少个层面的空间你没有进入，虽然看上去很简单，但是你进入不了。

释空一：对，心胸没有达到包罗万象，这个层面很难达到，在佛法里面叫"空"。

洪厚甜：人很多东西其实就是修为。

释空一：我以前画过一张画，就是很多圈圈，我在那个画里面，圈圈有画得特别黑的，墨很重，有的圈子很虚，有的圈子很小，有的圈子很大，有的圈子挨着，有的圈子不挨着，就说你有你的圈子，我有我的圈子，有的圈子挨着，有的圈子分开着，有的圈子很光明，有的圈子很黑暗，有的圈子很扎实，有的圈子很虚弱……其实我们每个人都可以画一个圈子，但是有人可以给我们画一个更大的圈子，只是我们没有这个心胸，我们有的人心里能容五个圈子，有的能容六个，但是你把心放下来的时候，你能容纳所有的圈子，并不是说我和卖菜的在一起，我就成卖菜的了，你要能和他交流，你交流时的话语权是一样的。就跟菩萨一样，从来都是因地制宜，因时制宜，因人制宜，因事制宜，随行显相，但不可能是菩萨相。也许就是乞丐、菜农、樵夫。只是我们没有这样的胸怀罢了。

洪厚甜：我们以圈子的思维去考虑圈子的思维，我们还有没有其他层面的思维？我们可不可以放下圈子？可不可以一下子没有了圈子？

释空一：很多人都是生活在圈子里，其实圈子是自己划的。

洪厚甜：我们以时段来看，我们现在都活着，我们把时空关系放到五十年之后，放到一百年之后，我们活着还是死了？我们再往前推一千年，苏东坡是活着还是死了？我们再推两千年，孔子是活着还是死了？昨天是你的还是我的，它在不在？明天是你的还是我的，它在不在？既然昨天都不在了，一千年之前和昨天又有什么区别。既然明天都不在了，一千年以后和明天有什么区别呢？

释空一：对，只是弹指一瞬间，别说弹指了，指还没弹的时候就过了。

洪厚甜：我们说我们活着，那是我们的今天，5·11 的时候，我在什邡绿韵茶庄喝茶的时候，谁想到第二天就有六千人的生命，随着5·12两点28

分就全没了,我们谁能保证明天就没有九级地震或者是其他的。

释空一:我一直都是这么讲,我们不能保证我们下一刻还活着。

洪厚甜:就是,我说昨天和一千年、五千年是没有区别的,我们昨天生的人,昨天去世的人和一千年前去世的人有什么区别。

释空一:没有区别,都是一个符号而已,有的符号都算不上。

洪厚甜:所以有时候你退后一步看,我们和古人,古人和我们都在一个空间里生存,并没有隔开,你隔不开,没有古人就没有我们。我们这一滴血还不是前人传过来的嘛,后面人的血还不是现在人传过去的嘛,哪里有什么圈子,什么都没有,什么都有,有的只是认识事情的一种特定的手段而已,每一次超越,包容就越大。当你是中国人的时候,你就不是其他国家的人,当你是四川人的时候,你就只是四川人,当你是什邡人的时候,你就只是什邡人,当你是这栋楼几楼几号的时候,连隔壁都不是你的,只有跃过这个,你才是地球人,你才是宇宙人。

释空一:对,只有把心无限放大,空,是最有容量的。

洪厚甜:我们讲书法,我们给书法竖道墙,你竖得越厚、越高,什么资源都沾不到。

释空一:绝对是这样的。

洪厚甜:书法应该是包容一切的。

释空一:很多东西都不是孤立无援的,都不是单纯的个体。

洪厚甜:但是要记住我们必须还是书法,我所讲的书法包容一切,风吹过都是书法,你说书法能量有多大,它发展的空间多大,它发展的可能性有多大。

释空一:对,很多人自己把自己圈死了。

洪厚甜：那个不是书法？我这个才是书法？那个？这个？哪一个？

释空一：特别是现在书法圈子里都有这个现象，你是你的山头，我是我的山头，我不跟你玩，你不跟我玩，自己把自己都玩死了，何谈去创新发展。我觉得现代人学书法要比以前的人学书法要方便得多，您现在是如何看待您与书法的关系？

洪厚甜：书法就是沟通我和整个世界的渠道。没有书法我的生存状态就没有了，应该说我的生活状态是因为书法存在的，有的人是因为音乐，有的人是因为文学，道是无处不在的，是改变人提升人的通道，我选择了这个通道，甚至说不是我选择，是命运给我一个安排，我是通过这个通道进场的，就是这样。冥冥之中有一种东西在引领你。

释空一：也是我们自己的一种状态，你能不能感受到你的生存状态，或者你有没有一种信心改变你的生存状态，这很重要。我不知道您以前是做厨师的，您以前做厨师，如果说您不去改变它，您这辈子还是厨师。我也不知道您是哪种机缘爱上书法，但是您如果爱上书法，您发现这个东西很感染人，喜欢这个东西，开始设计它，一步步往上走。您走的时候发现，这个不挣钱，不够生活，不踏实，离开了，那您现在还是在做厨师，说得好一点，也只是个厨师长，您就永远钉在菜板上了。

洪厚甜：是一个因果，学佛还是引领与教育。你认识改变了，你行为方式就会有改变。

释空一：就是这样的，所以说我很感恩，感恩佛法，感恩我的老师，我能够通过学习，认清自己，如果说我这辈子有什么可高兴的，那就是我有幸从恩师那里感受到佛法；如果说我这辈子有什么可以遗憾的，那就只能是没有学习好，得不到圆满的成就。
您是如何进一步提高学生书法水平的？

洪厚甜：何应辉先生是我恩师，我学生写得有些模样了，我便推荐学生到先生工作室中去学习。学生们对于称呼很难办，这又有什么好难办的呢？学习在于进步，把自己圈在一个称呼上，憋死你，叫一声"老甜"，我很欣慰。

释空一：这就是佛家的"依法不依人，平常心是道"。
看了您整理临写的乙瑛碑，很精彩，您能谈一下关于临写的缘起吗？

洪厚甜：把一些经典的碑帖都好好地整理临习出来，当作一种个人资料，说再多，耍嘴皮子，不管用。（当时先生的三位弟子在场，此言当然不是讲给我听的，言下之意，当老师的讲再多要临帖，要深入传统，都没用，好好地临出来，裱好。一张张的像放幻灯片给你们看。看吧！老师都一直在临，做学生的当如何？

释空一：有位居士曾对我讲，她当时发愿拜观世音菩萨早晚各一百零八拜，历时一月。终于等拜完了一个月，她很高兴地问师父，我已经拜满了一个月。现在还用拜吗？师父低声一语："不知道，我拜了好几十年，现在还在继续。"

洪厚甜：学为人师，行为世范，当是如此。

释空一：您今后书法的创作及研究方向是什么？

洪厚甜：应该是楷书，我们总说楷书是其他书体的基础。这个很片面，楷书不是其他书体的基础，楷书是同其他书体有着同等地位的重要书体。楷书的形成并不是书法形态的开始，稍微有些书法常识的人都会知道，他在篆书之后，在隶书之后，在章草之后，他凭什么就成了其他书体的基础了呢？
我对楷书有一个比喻，如老僧敲木鱼一般，他是在一种舒缓有序的固定节奏下的一种创造。要在楷书上有建树，有个人面貌，实在太难了。我以后必定会回到楷书的研究中来。因为难，所以有味，张旭光先生的"激话唐楷"，陈振廉先生的"魏碑艺术化运动"，也正是这方面的努力！

释空一：祝您成功，阿弥陀佛！

洪厚甜：非常感谢，阿弥陀佛！

夏可君

中国人民大学文学院副教授,1969年生于湖北,哲学博士。北京·上苑艺术馆——艺术委员会常务委员。曾留学于德国弗莱堡大学和法国斯特拉斯堡大学。已经发表个人著作《幻像与生命——庄子的变异书写》、《变异的思想》(合著)、《生命的感怀——福音书的图像解经》、《论语讲习录》、《中庸的时间解释学》、《平淡的哲学》、《余像绘画》等。编辑主持翻译了相关法语著作《德里达:解构与思想的未来》和《让-吕克·南希:解构的共通体》。

成为彼此的陌生人

论王家新诗歌写作的时间法则

夏可君

"就像是一首诗,
我发现我同时是我自己又是别的"……

同时,我是自己又是别人,我一直需要如此去发现、如此去成为,这是去成为一首诗,这里有着诗到来的秘密,王家新的写作一直处于如此的秘密之中。

这也是诗歌写作的秘密,这也是诗歌写作的法则,这是诗歌写作作为秘密的法则,以及,作为法则的秘密。

进入这个诗歌写作的法则,是试图让自己成为一个别人,成为一个陌生人,这是王家新在 1994 年写于北京的诗歌《边界》中自我追问的:"而当他们返回 / 谁,将成为陌生人?"

谁成为了汉语的陌生人?谁在诗歌中迎候了一个陌生人?这个迎候发生在什么位置?诗人标记为"边界",诗歌的写作就发生在一个个游动的悬崖之间,也是话语的交汇处,在两座斜坡之间!

为什么必须成为陌生人?诗人自己已经有所回答:"我知道只有一种声音难以构成生活,/ 为什么我们一再抑止自己……"因而这需要在写作中做到:"我必须远离此地,也许我还必须学会 / 如何退出自己的话语,如果能够?"

如果能够,任何对王家新诗歌的阅读,乃至对中国当代汉诗的阅读必须追问自己的就是这个问题:我如何能够进入话语的边界?如何能够同时看到两个斜坡,并且承受它们的致命的倾斜——"游动的悬崖(这正是王家新喜欢的希腊神话中那个充满命运赌注的幻像以及诡谲的原初诗性场景,也是他自己诗集的名称)"——不过是对一直在移动的斜坡之更加崇高和危险的隐喻? 只有能够退出自己话语的人,才能成为一个陌生人!

现代汉诗的写作,它最为隐秘的梦想——即是去成为一个陌生人,因为现代汉语已经不再是古代汉语了,任何试图回到古代汉语,梦想经典写作的人,首先必须绕道语汇,必须把自己变成一个陌生人,因此,也要求我们的阅读也成为自己的陌生人!

这是诗歌在召唤我们——"成为彼此的陌生人"——这是现代汉诗要建立的法则:如果现代汉诗承担着一个为语言立法的古老使命,那么,"成为彼此的陌生人"——就是这个法则最为核心的要求。

因而我们要追问的问题是:如何成为诗歌的陌生人? 这是追问汉语诗歌根本性的法则的问题。

王家新的诗歌写作已经成为了一种尺度。诗人他自己也是一个自觉寻求法则的诗人,因而王家新自觉承认海德格尔在说到荷尔德林诗歌写作的法则时所言——"写诗就是去接受尺度",诗人自己在《回答》一诗中写道:

> 每一个人都在追随他们自己的神,
> 每一个人都将变成另一个人。
> 四十而惑,但我也听出了命运的一些低语,
> 我在辨认着宇宙的伟大法则……

让我们彼此成为陌生人! 这是诗歌写作的绝对命令? 是的,现在它成为我所期待的汉语诗歌写作的一个绝对命令。为什么汉语诗歌写作必须成为陌生人? 相对于谁而陌生? 这是汉语自身成为自己的陌生人。也许,现代汉语之为现代汉语,已经是自己的陌生人? 只是它一直还不知道而已? 而现在,诗人王家新的写作暴露了这个秘密,或者说,王家新的写作正好服从于这个写作的指令:让诗歌写作使自己成为自己的陌生人,让汉语诗歌成为汉语的陌生人。

如何让自己成为陌生人? 如何在诗歌的写作中写出一个陌生人? 如何让汉语在诗歌中呈现为一种不是汉语的汉语?

为什么成为陌生人构成了一个绝对的命令? 成为了写作的法则? 现代汉语诗歌的写作只有通过成为陌生人才可能形成法则? 现代汉诗为什么需要法则? 现代汉诗一直处于一个困境之中:现代汉语的形成本身就是在"双

重翻译"(德语的 uber/setzen 作为可分与不可分动词恰好有着"翻译"与"转译"的双重含义)中寻找着自身的言说法则,即当我们"翻－译"西方文本时,西方拉丁语法和话语模式在塑造我们的思维感知方式,同时,我们也在对中国传统语文文本进行现代"转－译",这是双重的翻译:一个是要翻越一门陌生与外在的语言,一个是把古代汉语内在转换出来成为现代汉语;因而,我们现在的写作要么成为西方大师话语的被动翻译与复制,却没有把语词转换为个体的生命经验,要么成为日常口语的粗俗泛滥,也并没有对传统语文内在变异规则的遵从,显然,前者无法与个体的生命经验结合,后者无法超越自己的生活经验;而文学之为文学,一直保留着成为他者的梦想,因而我们也并不能拒绝西方的影响,我们也无法放弃个体身位的当下有限性,在这种两难之间,汉语诗歌不得不承受被改变的命运,不得不在自身与他者之间保持张力。

这个变异的过程,这个成为他者或者陌生人的过程,是时间性在话语中的凝结,这个时间性是如何影响诗人的诗歌写作的,成为我们讨论的核心问题。

诗人王家新在面对另一个诗人的提问时,说到了时间的经验:"早年、现在、未来……我想还是换另一种方式来说吧,我们活着,我们的肉体、精神和词语都在以不同的方式吸收着时间。我一直认为诗歌是一种经历,在 90 年代初写《反向》的时候,我就在思考诗歌与时间的关系。我有了一种觉悟,那就是不是我们在说话,而是我们所经历的时间在通过我们而说话。与此相关,在那时我还提出了'晚年研究'、'文学中的晚年'这样的说法。"——语词对时间的吸收增加了语词的重量,让语词变黑,充分吸收了时间素,即让语词黑得到家,使语词成为了一面等待擦亮的黑暗的镜子,诗人的写作不过是反复擦亮语词,使之可以在这面不断变暗的镜子变得明亮起来。而变暗或者照亮,这是诗人王家新最为独特的时间性经验,是他在写作中所建立起来的对时间的明确测度,这是心灵自己在建立尺度。

因而诗人进一步自问:"那么,是什么促使我不断写作?现在可以回答了:是时间。另一个内在的起因是:为了不使心灵荒芜。"——在我们看来,这两个条件是相关的:是心灵敢于面对时间的威逼和打断,敢于把自己抵押给时间,这是诗人对末日审判的预感,对不屈服于时间的语词的召唤,这是诗人有勇气不为一个小时代作证,而且承认自己这一代人一生的贫困不可能完成,等等,只有深入死亡打断时间的经验,只有让我们所经历的时间开口说话——那即是让他者开口说话,坚持面对他者,试图去成为他者,成为自己的他者,直至成为他者的他者,才可能有另一种时间到来,另一个陌生人到来,才有诗歌的未来!才有内在灵魂的深度和丰富性,心灵才不会荒芜!

但是,这个时间性的法则本身也是不可能的!因为诗歌写作不可能有什么现成的法则和固定的模式去遵循,而且,未来的到来者一直是一个我们无法辨认的陌生人,诗人在 2005 年的《传说》中写道:

> "我们的一生,
> 都在辨认
> 一种无名的面容。"

这个无名的面容,就是陌生人的特征,如同现代汉语写作中鲁迅先生在《铸剑》中所虚构的那个黑色人,也是有着无名的面容!这是现代汉语思想对自身的艰难寻找!而"忍受无名"——忍受自身的难以言喻以及无名自身对语言的超越,都让忍受者自身也进入了无名的状态,诗歌写作如何忍受自身的无名?一直处于无名的状态如何还会有法则的确立?

而且,成为陌生人是一个永恒的命令,那么法则自身也必须成为陌生于自己的,因而如何会有法则呢?正是在这个写作的悖论中,现代汉诗陷入异常困难的境地:一方面,在晚生的现代性中才出现的现代汉语只有短短的一百多年,需要在反思这个文化的重大事件中形成言说的法度,乃至审美教化的规范,这是时代普遍性的诉求;另一方面,任何的文学写作不可能围绕法则的形成而进行,因为文学写作恰好是对法则的僭越和超越,因而这需要个体极大的冒险,乃至以个体的生命为赌注。

我们实际上在海子的诗歌写作和个体生命上看到了这个悖论:海子的短诗无疑体现了他个体生命的意志和激情,他的长诗则试图建立一个诗性的大全世界,而这两者根本无法平衡,游动的斜坡在彼此的撕裂中拉开了巨大的裂缝。这是因为时间的不成熟?长诗的写作需要个体年岁心智的成熟,也需要对时代相应大事件的深刻反思?作为早熟的永远青春的诗人,海子也许来得太早了?只是宣告了一个无余时代的提前来临?或者恰好相反,因为时间的为时已晚?英雄的伟岸时代和神话的统摄时代已经过去了,海子是最后一个晚到的自我献祭者,也许只是一个多余的献祭者而已?因而只是明确了我们这个时代的无余性?或者,因为时间的错位——我们的时代处于全民现代化的理性整合中,但同时个体也在艰难地自我生成之中,因而死亡或者说自杀就成为这两个倾斜斜坡的连接点——同时放弃个体与整体!但这是一个不可能的结合点!

因而,成为彼此的陌生人即是穿越这个悲剧性命运的方式?因而需要学会退出自己的话语,因而不再沉迷于自己的自怨自艾,从而摆脱自杀的冲动?成为陌生人也是被他者所接纳,因而打开一个真正的未来。

当代中国诗人是否充分面对了这个时间性的疑难?诗人们是否自觉承担了为这个文化,乃至为汉语自身的言说确立法则的任务?如果没有诗人来实现时间性的法则,现代汉诗将成为过渡年代的碎屑,成为荒芜时代增加心灵荒芜的沙子,并且最终被覆盖和遗忘,成为灾变时代的残骸。

这是时间性的问题,因而法则的问题也是时间性疑难的问题。诗人的写作如何在时间性的早到早熟与为时已晚之间展开?对于诗人王家新,这是他自己异常明确说道的:"在我看来就是这样,写作不仅来自个人的才能、经历和其他因素,它更有赖于对'文学中的晚年'的进入……这样的'晚年'不是时间的尽头,相反,它充分吸收了时间,而又改变了时间的性质和维度,'不是你变老了,而是你独自用餐的时间变长了'(《变暗的镜子》),也就是说,你可以开始真正意义上的思考和写作了。当然,我在这里不想使用'终极性写作'这类说法,如果真有这种写作的话,它靠的也不是生与死这类词汇或对永恒的一厢情愿的热望,而是对时间的吸收,而这,需要时间。"

——何谓还要更老一些?一个还不老的人如何更老?这是双重的变老:因为早熟而老,因为为时已晚——很多的时间过去了,过去的时间堆积在了晚到的时刻?但同时,时间又根本足够了,因为自己毕竟晚到了,而且是太晚了!这是现代汉诗面对的时间性悖论:

要么来得太早:未来提前了,似乎未来太多了,语词过于沉重而压垮了现在,也埋没了过去。要么来得太晚:没有了未来,语词失去了指引,沉迷于对过去的怀旧和后悔之中,或者游戏于当下虚无的小情调。

我们时代的诗歌理论还没有面对诗歌内部生命时间性的根本绝境,而我们这个时代则进入了没有时间的无余时代,却不得不希望还有时间的剩余时代,在无余之中如何还有剩余——这是诗歌不得不为自身所留存的余地!

因而文学中的晚年,那也包括能够在晚年还能够继续写诗,能够在现代汉诗中把诗歌写作的高度推向晚年智慧的额头,构成对诗人们的最大挑战,王家新比所有其他诗人都自觉地认识到了这一点。

此外,为什么诗歌的写作与年龄如此紧密地关联在一起?对于西方诗人,随着年岁的增加诗歌写作会更加老辣而卓越,不会停止写作和水准下降,但是中国诗人在二十世纪的根本问题就是:写作的中止——要么因为政治的迫害而无法写作,长久的停顿和内心的荒芜之后而平庸,要么因为对自己写作缺乏信心，或者根本无法进入诗歌和写作内在的召唤之中，因为很多外在的原因而不再写作，这只是说明，我们还没有进入诗歌所带来的命运之中！我们的传统诗歌写作其实也是与年岁内在联系在一起的：虽然看起来并没有直接的时间性标记，但是在时节和年岁的内在对应上，在感时伤怀之中，岁岁年年和年年岁岁的时间性内在错位和反节奏，在音韵的节奏上，在怅然的情调上，都有着时间的消逝与写作的调节之间的隐秘关联，只是我们的诗学一直没有对此展开思考。

　　为什么是年岁？也是因为汉语语言具有亲密的肉身性和年岁性，在肉身性—语言—年岁性之间，诗歌如何展开写作？如何在无余的时代展开诗歌自身法则的悖论式重建？而且是在内心中，如何建立一个内心的世界？

　　因而必须通过诗歌的隐喻把身体转换为语词中的心象，这是风景的心灵化或内心的风景化！显然，这是一个非常传统的中国人特有的生命经验的现代转换：如何把外在的风景转换为内心的灵魂心象？如何把风景的时间空间性转换为灵魂无形的歌唱的气息？而且与年岁的经验联系起来？这也是实现肉身—年岁的关键。时间的经验，主要表现在诗人对历程的感受上，旅程，远去与归来，也是行走，也是步伐的时间性带来节奏，是对诗歌带来步伐的测度！王家新的诗歌是一种过程，一种在过程之中的构成！因而涉及身体的脚：只是挪动！不是头而是脚的剧痛，隐隐地，是疼痛告诉我们一种不知道的语言。

　　向上走与音乐的坡度的隐喻，风景的斜坡等等转变为内心的音乐的声音，正是这个转换，实现了风景的内在灵魂化，而声音或者音乐正是时间性的标记！包括路的比喻，风的比喻，等等！这是我们阅读王家新的诗歌时要关注的。

　　那么，如何进入这个时间性的法则？也许诗人王家新的诗歌写作为我们见证了这个法则的生成。

　　当诗人一次次从异国远游归来，或者，即便他一直在我们身边，他也是我们的陌生人，对此我们一直缺乏一种陌生性的眼光来看待他！也许对诗歌的阅读即是培养自己陌异的眼神，那是心灵彼此观照的灵眼。因而，面对诗歌，我们应该反复追问：谁来到了我们中间？那是陌生人？他就是作为诗歌的陌生人，那是诗歌本身作为陌生人。当诗人一次次归来，他带来的是诗歌的礼物，是诗歌这个礼物，是让我们惊讶的礼物。

　　"让我们彼此成为陌生人"——这并不是诗人王家新直接写出的一句诗，但是我宁愿相信这是他一直在写而隐藏着的一句诗。

丁山

　　画家。1973年生于江西省赣州市,1997年毕业于湖北美术学院国画系,2005年毕业于湖北美术学院研究生院水墨人物专业。1997年至今任教于武汉理工大学艺术与设计学院。参加过杭州美术年全国青年国画家邀请展、多重语境现代水墨系列展、第二届成都双年展、美术文献提名展、非此非彼八人展、湖北省小型国画展、多向选择画展等画展。出版作品集:名家水墨集丛《直象水墨》丁山卷。作品多次发表于《江苏画刊》、《水墨生活》、《艺术探索》等刊物。

正视的现实

丁山

　　当我们背负着传统文化这个无法割舍的巨壳身处于日新月异的全球化思潮时,产生的所有纠结都来自于我们自信的丧失或缺乏。因为自信只能基于本体文化的强大。当然我们可以列举无数先人的成就来证明我们并不弱小,但他们已经远去,我们也不可能是他们。并且在事实上,即便我们将死去的人的功绩拿来炫耀,也改变不了我们的文化已经不足以应对如今现实的复杂和速度这一冷峻的事实。在不断涌入并不断被颠覆的信息轰炸面前,我们早已经没有了足够的自信来迎接、容纳和理解。

　　当代艺术发展迄今,没有一种可指认的当代文艺,产自中国,并在世界范围里产生指向性的影响。少数的艺术家也只能够以西方的概念、中国的身份来做中国式的表达,向西方证明"中国",或者说,以"中国身份"确认西方文化。而确认这些作品的一系列理论与价值观,同样来自西方。我们并没有可以自信的本钱,我们也没有可以做为支撑的意识形态,我们或者还以为拥有着宝藏,其实早已经被扒光了衣衫,变得一无所有了。一切都在强势霸权的笼罩之下,并在这笼罩下导致了我们判断力和分辨能力的混乱。

　　早在"中学为体,西学为用"这一洋务运动的口号当中,就已经呈现出这种焦虑的矛盾。一边惶恐中华民族文化基因的变异和消逝,一边又害怕它成为现代文化进程的障碍。两者无法衔接的裂痕,如鲠在喉地持续到如今,严重影响了我们对文化的消化和感知能力。在这样的现状下,有的人信从于西方文化脉搏的推演,对身处的文化土壤置之不理,自以为敢舍弃这些客观事实的就是闯将。又或以民族符号嫁接的方式登场亮相,名其为中国创造,却也有掌声鼓动。另有些人则如鸵鸟般以拒绝的姿态,埋首于传统的巨壳之中,自慰以乐。并言之为对现实的反省,但这反省的对象他们却从未有过真诚的面对。在我看来,一个是取宠,一个却是逃兵。

我们要怎么办?其实鲁迅先生已经为我们开过了良方:"不过睁开眼看罢了!"他要求我们应该有正眼看各方面的勇气,必须敢于正视,这才可望敢想、敢说、敢做、敢当。同时道出国人之事实:"万事闭眼睛,聊以自欺,而且欺人,那方法是:瞒和骗。国人的不敢正视各方面,用瞒和骗,造出奇妙的逃路来,而自以为正路。在这路上,就证明着国民性的怯弱、懒惰,而又巧滑。一天一天地满足着,即一天一天地堕落着,但却又觉得日见其光荣。"又对正视所需要的真诚作大声疾呼:"倘以欺瞒的心,用欺瞒的嘴,则无论说A和O,或Y和Z,一样是虚假的;只可以吓哑了先前鄙薄花月的所谓批评家的嘴,满足地以为中国就要中兴。可怜他在"爱国"的大帽子底下又闭上了眼睛了——或者本来就闭着。"

我认为这苦痛的积累却也未必就是坏事,就如同一个孩子一般,从弱小时的依赖顺从,到可以有了躲藏和逃避的选择,然后才有了开始面对和正视的尝试和勇力。只是这成长的时间也太长久了一些。从这苦痛之中滋生出的正视现实的勇猛和毅力,还需要在我们如今依旧赤裸的身体中生发。

既然需要正视,又赤裸了身体,那么管他来者何物,便只能够坦然受之。这种因无奈而坦然面对的承受力便是纯粹的原由。纯粹是一种接受,理解和表达上的单纯。中国在建国初期的作品是纯粹的,《东方红》与样板戏里的革命意识形态如此的真实和单纯,不管它是否是为了政治而做的代言,又或者禁锢了什么样的思想自由,其中因为纯粹所产生的力量,即使在那时压抑的传统文化得到了释放,西方的文化也获得传播,依然可以镇定,泰然地让这一切都灰飞烟灭。当然,现今的我们已没有如此强大的革命意识来支撑艺术的行为。同时更重要的是:儒家、道家、佛家,这些传统的意识形态更多的是呈现约束、规范、安抚和逃避的作用。那么当强大的革命意识形态消逝的时候,这些作用同样无法承担冷酷且无法回避的现实需求以及成为对艺术行为推动的内在意识。于是我们开始从外来文化中寻觅路径,当然也曾试图再用传统的意识形态去做约束和引导。然而呈现在我们眼前的现实文明却在事实上,不断地对自然进行着破坏和对人性无情的摧残。混乱、扭曲、丑陋、卑劣、暴力、冷漠,是现实的写照,并且愈演愈烈地使得我们逃无可逃,避无可避。这就是我们无法忽视的残酷世界,是我们信仰消失得一无所有的现实,这现实里没有可以信赖的意识形态作为文化内在的驱动力,传统的意识形态在这现实面前更多的是成为了"欺"和"瞒"的工具,西方文化的介入也一样无法满足我们现实里自我认可的迫切。所以，中国文化和艺术发展至今，我们已没有了可以躲避的甜美家园，面对现实只能成为我们成长中应该也必须正视的唯一出路。

在我看来，没有经历过恶的善，那是伪"善"。这些个"善"还不晓得是出于什么卑劣人性的欲望伪装。不正视丑陋现实的"美"，则只能是粉饰，这种粉饰的虚幻是毫无意义的麻醉。而没有混乱沉淀的"宁静"，却是自慰，我可不信这表象的宁静能来得有多真实，怕是总在苦苦抵御内心的疑惑和不安罢。所有的理想都应该穿透了现实才真实的存在，崇高总是在现实之后才可能进入灵魂的内部。

希望我们能够把眼睛尽力地睁大些，鼓起勇气目睹并身处于这现实之中的挣扎和历练，其间没有引领的导师，只能赤裸了自己的心，放下偏见的执拗，丢弃那些卑劣的虚荣，持正视的勇气，用体悟的真诚去感知这个现实给予我们个人的纯粹的或是本能的反应，不管这种反应是愤怒还是冷静，都是可以选择的真实。鲁迅先生说得好："只有自己最可靠。或者还是知道自己不甚可靠者，倒较为可靠罢。"被迫的到了不得不面对现实的时候，可信的也只能够这样了罢。

筆記
MINUTE

詩 | 建设
Poetry Construction

《孤独的歌者》20X30cm　丁山　画

诗之思(节选)

泉子

1

诗歌表达的不应该是一种瞬息的情绪,如果这种瞬息的情绪并非一种持续性情感的钥匙。如果一个偶然事件并不能指出通往必然的必经之途,那么,诗人就没有权利在诗歌中将它们挽留。这是诗歌的道德。

11

一次集体出游,我们去的是一处草原上专门接待游客的牧民居住地。中午时,我独自在烈日中来到一里外的一条河流边,几百只绵羊聚集在一起,它们站立着,脑袋聚集成一个大大的圆。我悄无声息地抵达还是惊扰到了他们,它们一圈圈地散开,又在几米之外重新聚集在一起。

它们的周围是散落的牛马,还有一只骆驼。它蹲在草地上,我走过去,抚摸着它的驼峰。它是这样的温顺,以致我有足够的勇气骑到它的背上,它站起来沿着河岸踱着细小的步子。草原安静极了,我可以听到马的咀嚼声、牛的反刍、骆驼的脚背划开水面的声音,还可以听到绵羊的放屁声,有时是单一的,有时又交错在一起,此起彼伏。

一个小时后,我不得不离开。我朝它们一一挥手告别,这是我在草原认识的第一批朋友。

这一个小时的出列几乎拯救了整个出行。

我知道我原先失望的只是一个虚假的草原。

29

平等是一种理想，它从来不是我们真实的生活。即使在文学中，在我们的诗歌中，一种森严的等级与秩序如金字塔般存在着。

是的，只有那接近于一的极少数才有力量成为了天与地的连接者，那针尖般的高度来自广阔的大地并将辽阔的蔚蓝传递到那更低处的人群。

54

文学不是一个竞技场，它是我们的生活方式。

文学的终极意义不是为征服或超越一座大山，而是去化解大海中迎面而来的大浪。写作的意义正是为了一次次将我们自身从生活的困境中解救出来。

在山的另一侧，当道贺的人群向我走来，我想，我不是翻越了一座大山，而是化解了一个固体的波浪。

71

在我住处对面的公园里，工人们在草地上挖出了一条沟渠，并在沟渠上面架上一座木桥。它使我想起了记忆中的另一座木桥。它是我童年的一部分，有着一条河流的长度，或者说，它的一端是与我记忆的起点重叠的，它将一个村庄连接成一个整体。每天，母亲拿一把镰刀，或者荷一把锄头通过木桥到河流的对岸，锄草，或者收割一篮子作为我们的晚餐的青菜，有时是茄子与辣椒。记得有一次，母亲在对岸的玉米地施肥，木桥因河上游的一场突如其来的暴雨形成的洪水而坍塌。母亲那天没能从对岸回来，她在对岸声嘶力竭地呼唤我。第二天中午，水渐渐平缓了许多，母亲淌着水归来。这是我童年记忆中与母亲最为长久的分离。

我的写作注定是那记忆中的木桥，而不是我眼前的沟渠。写作是一条通道，而不是相反。

在对面公园的沟渠之上，小桥已经架设完成。它给予的美是如此的微不足道。

73

所有的艺术都是探求真理的一种方式。写作是我们向真理的再一次出发。

74

就像科学一样,艺术也不是真理本身,它将永远行进在通往真理的途中。

它是一种过程。

我们可以把真理比作一颗星辰,艺术则是它的光,是我们逆着光的方向探索星辰的过程。星辰真实地存在着,但我们永远无法抵达。

或者说,真理是如此的狭小,以致它盛不下艺术那无穷无尽的可能性。

76

一首真正的诗歌必然是从我脚下的这块土地出发,并最终回到真理那里,回到最初的自己,回到那最初的时间与空间形成的居所。

更多的诗歌成了堕落之物,并屈从于种种虚假的方向与力。

139

诗人不是真理的占有者,但他愿意用一生去探求真理;诗人不是神,但他是那知悉通往神的道路的人。

140

真理是真实存在的,它与我们心中的神一样确凿。而处于变化中的,是我们对真理的认识。这种变化,或者说对自我的纠正并非是一种背叛。它们相互感激,并在这样的感恩中,它们终于发现了那通往神的道路,那通往真理之路。

141

艺术首先是"求同",或者说是寻求一种共鸣的体验,然后才是"存异"。这种对独创性的追求,确保并加强了共鸣的有效性,并以几何倍数的速率得到放大。

143

在极度的宁静与极度的癫狂(这一定是一种狂欢的状态)之间一定有着一个交合的地带。而这里将作为艺术最为肥沃的土壤。

144

诗人注定是一个最具僧侣气质的人,他(她)兼有受虐与崇高的品性。这样的描述不仅仅适用于杜甫、里尔克、米沃什,它在同时也说出了李白、苏轼以及卡瓦菲斯。

145

我真的能过一种僧侣的生活吗？或者说,我内心真的有足够的孤独与荒凉与一种僧侣的生活相称吗？

如果是,那么孤独与荒凉将不再是一种惩罚,而是作为通往一种品质的保证与奖赏。

147

诗歌是一种克制的激情。激情在诗歌中没有因克制而丝毫地被损伤,甚至因克制而形成了悬崖,进而将一种流于泛滥的动能转换成静止的势能。

148

诗歌是激情之思,而思是冷静之激情。

诗与思相向地出发将把我们引向那神为我们显现的胜迹,就像一个男人与一个女人相向地出发,在旷野中的相遇。

150

诗人,那令你的心颤栗不已的,不是那如剪纸般,接近于完美的脸庞。

你从那唇际啜饮下的,是她身体深处的巨浪,从嘴唇上漾出的甘泉。

152

哲学与诗歌是语言艺术的两个极致。

我们把语言艺术比作一棵植物的话,当它郁积沉寂成向下生长的根(哲学),当它为体内的一种力,一双激情之手所推动,就向上喷涌成花朵(诗歌)。

153

叙事是一种手段,而不是目的。它将我们的"诗"引向更高处,或者,将"思"引向更深入的地方。

这也是我以为,小说、散文不过是诗歌的另一种更细致的划分的原因。

如果一个小说家、一个散文作者不能同时是一个诗人、一个哲学家;那么他们的使命将成为一种惩罚。

154

如果诗歌与哲学是艺术之树上的两个奇葩,那么信仰则是这两朵奇葩之上的香。

175

当下艺术呈现出的"混沌状态",是我们这个信仰缺失的时代结出的一个果实。或者说,我们"生不逢时",我们处在一个过渡的时代,在一种信仰的通道坍塌后,而一种新的信仰的通道得以重建的间隙。

176

世界从来是那同一个,就像一棵树的根,而只有枝叶才会如此的不同。

世界在我们眼中的破碎与分崩离析仅仅是因为我们的眼睛被那纷繁的枝叶所蒙蔽了。

177

诗人,不要被一种表面的相似所蛊惑,因为,你是那被赋予穿越事物表象,以为更多的人群带回事物深处消息的使命的人。

197

春秋是一个伟大的时代,是一个"朝闻道,夕死足矣"的时代,是一个将抵达与发现真理的能力超然于生死之上的时代。

198

春秋时代的重要性不仅仅是因为它作为中国文化艺术发展的开端,更为重要的是,这个时代所抵达的认识的边界依然作为此后所有时代的,直至今天的人们认识的边界。

就像是由这个时代开辟出的花园,那些涉足的人不同,或许更为细致与密集,但花园依旧,花园的边界依旧。

200

一颗伟大的心灵一定是向这个世界敞开着的。他一次次地避开了自闭设下的一个又一个陷阱,那些致命的诱惑。他在对内的挖掘中最终抵达了那接近于无的圆点之中,无边无际的空阔。

201

一个诗人、一个艺术家追随并最终呈现了他身体深处的那条河流。那条河流作为整个世界那共同的河流的一部分,同时,又是那唯一的河流自身。

就像每一个人、每一个生命体都是这宇宙的一部分,同时,又是一个微小的宇宙,并储藏着宇宙所有的秘密。

205

每一个个体的"我"都是破碎的、断裂的、暂时性的。就像一滴水,只有重回一条河流才是完整的。

一滴水从最初被孕育的那一刻就承担起这样的命运,要么消失;要么,重回一条河流,以从一条河流中找回自己的脸庞,找到自己的完整性。

215

事物一定诞生于事物相互间那最强烈的吸引。

所有的事物都维系于这样的一种力。

而消失是一种相反的力。

216

那么神呢?神同样诞生并完成于神与我们之间那强烈的吸引。

217

词语被说出的那一刻,正是它与事物分离的瞬间。

或者说,语言是一种堕落之物。

是的,词语开启的是与事物之间那永久性的分离。而词语在被孕育的那一刻就受到重回事物最初的那永恒之力的牵引。

218

语言与事物之间的距离,

正是我们与神的距离。

219
诗歌是神灵与语言的相遇。
是作为堕落之物的语言,
再一次获得救赎的一个瞬间。

220
我是一个堕落的天使吗?诗人是一个堕落的天使吗?因欲望与罪而不得不承担起平庸的命运。
但我依然是天使中的一员,并知悉神的世界那些不为人知的秘密。

221
艺术越来越强烈地感受到这样一种力的牵引,它要求回到我们自身,回到我们的心灵,回到身体的深处。但这种向至深处的出发并不会成为自闭的旅行,我终于发现我们将抵达的是宇宙的全部,而星辰在我们体内的运行并不会与在天空中有丝毫的差异。

223
我们与神之间的秘密通道永远存在着。那是由我们的赞美与神的祝福连接而成的,相向流淌的一条共同的河流。那同样是一道目光的绳索,而我们与神作为绳索的两个端点,作为一条河流那汩汩而出,两个永不干涸的源泉。

224
巴别塔的坍塌不会丝毫有损于神与我们之间那坚固的连接。
巴别塔的坍塌只是证实了我们试图从外部世界抵达神的道路是不存在的。
这同样是一种祝福,它为我们封堵住了一个通往歧路的入口。

232
一首诗歌意味着一次表达的困境。
一首诗歌将从他面临的困境中汲取并汇拢起力量。
当一种困境不再仅仅属于诗人一个人

那么，一种可怕的力量已经诞生。

233

一首诗歌所给予我们的奖赏，甚至取决于我们所面对的困境是否足够强大，取决于它的普遍性以及对时间的穿透能力。

234

绝对真理真实地存在着，但我们永远无法抵达。

是的，这是我们每一个人，这是尘世中的生命所面临的共同困境。

237

我不会因重力给我带来的羁绊而心生怨恨，就像我站在一块岩石上对大海发出的由衷的赞美，这赞美中饱含对我脚下这狭长的支点的感恩。

238

所有能被堆积的都是不重要的，它们将无一例外地在时间中毁灭。包括词语与色彩的牢笼，包括那被唤作教堂或寺院的建筑，包括知识。

239

知识如这个时代的病毒一样泛滥，我们这个时代从来不缺乏知识。这个时代缺乏的是智慧，作为泛滥的另一极的，是那使纷繁归于简朴，万归于一的力。

241

诗意是从真实之上漫溢而出的部分。

如果真实是一粒种子，是根，那么，诗意就是被从种子、从根部的一双手推开的一朵花。

如果真实是一朵花，那么诗意就是弥漫于其上的香。

如果真实是花香，那么诗意就是因花香所带来的沉醉。

如果真实是这沉醉，那么诗意就是在沉醉中愿意化为一粒种子的那个人。

他可能恰巧是一只猴子，

也可能是一朵花自身。

245

诗歌不在别处,她就是我们置身的生活。

一个伟大的诗人一定能从庸常的生活中开掘出那通往神奇之地的秘密通道,

或者说,他知悉那些隐秘裂缝,

并将他日常的经历与经验化为永恒的诗歌。

246

如果我们把日常生活比作一棵树的繁茂的枝叶的话,艺术就是绿叶丛中的花。它们都得到了来自根的相同的滋养。

我们愿意把这根称为"道"或者"真实"。

259

诗人,不要被事物的表象,被那些浮光掠影,那神用来考验我们而设下的迷障所惑。

你要比一缕风更轻,比那从你的脑海中一闪而过的灵光更轻。这是你获得那对事物独特穿透力的凭证,并用从你心底漫溢而出的喜悦去承接神的目光。

260

在极其个人化的表达与普遍的情感之间一定存在着一个交点。或者说,由这样的无数的交点连接而成钢丝。

诗歌就是这样一根钢丝上的舞蹈。

261

一个真正的诗人一定拥有着对事物独特的穿透力,他在语言中为我们开垦出了那通往本质的道路。

是的,所有伟大的诗歌都一定肩负着这样的使命,在词语的深处一定居住着这样的一个使者,每一次出发都是一次祷告,一次赞美,一个朝圣的灵魂那漫溢的喜悦。

262

诗人是一个秉烛者,他在烛光的指引下在词语与事物那双重的内部穿行。事物与词语的栅栏与窗棂形成一个真正的屏障,并对阅读者的穿透能力形成考验。

它在等待那些有力量的人,以承接住那从词语与事物那双重的深处散发出的光。

264

一个风格独具的作家或诗人不会着意于标新立异。因为他懂得,所谓的"新"与"异"不过是他在通往真理的途中,那条只属于他一个人的秘密通道与通往同一个所在的道路两侧的风光的,那些细微的差异。

266

我更愿意在一种普遍性与同一性中来与事物相认。

是的,没有一个人能发出那独一无二的,只属于他一个人的声音,除了神。

268

当悲伤与欢愉是一个人的悲伤与欢愉,又是每一个人的悲伤与欢愉时,这悲伤与欢愉从一种普遍性中获得了翅膀。

271

"最民族的是最世界的"说出的是这样的事实,每一个国家、每一个民族传统的生命力都在于它对一种普遍情感的揭示。或者说,那无坚不摧的独特性无不是在于它对普遍性独特的发现与揭示能力。

274

如果我们用神来指代基督教中的上帝、伊斯兰教中的安拉以及佛教中的佛陀,那么,我们以各自的方式来亲近神都是受到允诺的。

275

我愿意把神想象成一个透明的球体,它有着无数的方向与角度,那无数的窗子以及无数的,我们被允诺的亲近神的方式。

276

神的居所一定是一个趋近于无的圆点。

因为只有在这无穷小的居所才能容纳下那无所不在的存在与无穷无

尽的可能性。

290

过去十年的写作使我离真理接近了一厘米。那么,我愿意用剩余的时间去换取另一个一厘米。如果真的能够如愿,那么,我一定是受到祝福的那个人。而这样的一厘米可能重过一个时代,甚至可以说,多少世代的徒劳将在这微小的尺度中得到全部的补偿。

293

只有当我们意识到我们是"同一个秘密规则的执行者"时,才能真正认识到我们与一只蚂蚁、一朵花、一茎草以及那些我们曾以为永恒的星辰没有什么不同。

你终将发现,你是那一,同时,又是无尽的全部的秘密与真实。

294

有人说,绕过你面前的大山,你才能找到那书写的捷径。

不,请相信我。在这样的辛劳中,你终将见证的是一份新的徒劳。当你绕过了一座大山,那呈现在你面前的将是层层叠叠的大山。

你终将发现,对于每一条捷径,你都是一个迟到者。

295

是的,我们只有从身体深处那最真实的自我出发,在那条只属于你一个人的,同时属于无数人的那孤独的征途中,你抵达了那由山巅连缀而成的平地,那至高处的空阔。

318

如果我们能穿透历史布下的迷障,那么,我们终将发现,传统一直处于一种缓慢,但坚定的生长、扩展之中。仿若最初的一弘清泉,涓涓细流最终汇聚成大河,直至大洋。

它同样对应于国家、民族等概念的扩展。最初,一个国家、一个民族可能就是一个村庄,我们的民族,就是那无数曾经的民族之合流,我们的国家,就是那曾存在过的无数的国家之和。

319

那些隐匿的部分，它们以不可见的方式存在着。

老子、庄子并非凭空之物。他们依然来自我们的传统，来自传统中那已隐匿的部分。或者说，隐匿者通过"老子"、"庄子"，说出我们身体深处的，那些更久远的秘密。

320

传统从来不需要我们的捍卫。我们对一种传统的坚守，不应该，也不能成为我们从另一种传统中获取滋养的障碍。

它从来就在这里，它是我们的命运，我们的血液。那么，我们的使命将是通过我们的呼吸与吐纳，使之更具活力，并迢递至更遥远处。

337

所有的言说只能在低处，

低处给我们一个可靠而恰到好处的支点。

但我们在低处的言说一定是为了更好地呈现这高处的存在，

而不是相反。

338

如果这些低处的分叉最终更好地呈现了那同一个，使真理、使艺术的本质变得更清晰与可感，那么，那唯一的胜利者就是真理。而这些在低处的分叉，这些"失败者"，最终从真理的胜利中获得了救赎。

346

诗人，你不一定是那个写下了分行文字的人。或者说，"诗人"并非是一顶为写下分行文字的人而准备的桂冠。你可能是一个画家，一个木匠，一个农民，你还可能是一个屠夫。

但你一定是一个悟道者，是通过对一种你熟悉的手艺的练习，进而知悉宇宙秘密规则的人。

或者说，诗恰恰不是文字，恰恰不是色彩，恰恰不是声音，而是因你那寓于大孤独中的冥思，而获得顿悟，是因你与宇宙的沟通，与道的契合而获得的祝福的一个瞬间。

350

那个用分行的文字储藏起他的"心",以等待更遥远的来者再一次读出的人,他终于唱出了"前不见古人／后不见来者／念天地之悠悠／独怆然而涕下"。这个体味到与宇宙一般浩瀚无边的孤独的人,这个通过自己对宇宙秘密的洞悉,试图将自己的心雕琢成宇宙相同构造的人,在千年之后,(千年,是怎样一个微不足道的瞬间啊!)当无数的孤独者在这千年前的吟唱中辨认出那属于每一个人的孤独时,他那与时间一样绵长的孤独,终于获得了与宇宙的广阔相称的祝福。

356

真理的重要性不会因为我们的强调或贬低而有丝毫的增损。

真理就在那里。

相反,我们将因我们对真理的认识而获得救赎或惩罚。或者说,我们将因为我们对真理的认知而变得重要或不重要。

357

当我与曾经的同伴们渐行渐远,当我独自来到一个无人之境。我知道,孤独不再是一种惩罚,而是祝福,是对一个最先到达者的,那巨大的奖赏。

358

真理不仅仅存在于星辰的运转中,真理同样存在于一花一草的生长之中,存在于一颗露珠的滑落中,存在于你我的生、老、病、死之中。

361

时代是我们在时间中的故乡。就像我们无法选择自己的出生地一样,我们也无法选择这我们在时间中的故乡。

362

时代在提供给我们一个观察、认识世界的可靠的支点的同时,它又几乎是我们全部的宿命,或者说是那全部的幸与不幸,全部的祝福与惩罚。诗人保罗·策兰曾说,诗人必须透过时代,而不是越过时代。是的,时代是重要的,因为它提供了一个支点;时代又是不重要的,因为我们必须透过与超越时代,以抵达一种普遍的情感,那千古不易之处。

363

任何一个时代都是这样的短暂。

364

我愿意这样来附和与补充保罗·策兰的言说,诗人必须穿透语言,而不是越过语言。语言在为我们提供一个有力的支点与凭借的同时,它同样作为一种羁绊与束缚。诗人,你是那被赋予足够的力量的人,或者你必须积蓄那足够的力,你必须透过与超越语言,以抵达一种普遍的情感,那千古不易之处。

372

所有的词语都是平等的,所有的言说之间并没有高、低,贵、贱之分。当一个词语,当一种言说从虚无之中为我们召回,或者说,更清晰地呈现了真理,那么,这样的一个词语,这样的一种言说,因真理在这一刻的揭示,而获得了那高贵的磁性。

373

是的。我愿意作为一个"真理那高贵的言说"的倾听者与转述者。

374

在两军对垒,或者是两个阶层、集团的对垒之间,这种寓于对对方阵营的仇恨,而激发出的对同一阵营,同一个国家或族群的热爱。这种爱因我们对自身局限的屈服,而被一种更恒久的力量所放弃。

375

一种真正的爱必须拥有足够的智慧,以超越于仇恨,超越这种族群与国家之间的壁垒而标识出的分别。

是的,你要爱你的敌人,爱你们共同的部分。

407

任何一个时代都是这样的短暂。千年,甚至是亿年又何曾不是如此!

我们的目力所及之处,那些郁郁葱葱的草木,那些热闹与繁华着的芸芸众生,在千年之后,他们去了哪里?

但不要悲伤,我的朋友。所有消逝了的事物都是不值得留存的。就像一棵参天大树,不会为一片在秋天从它的枝头上跳落的树叶而悲伤。我们所有的悲伤仅仅是因为我们作为人类这棵大树,作为芸芸众生的这棵大树上的一片叶子,我们曾为我们是"这一片"如此揪心。当我们试图退回到一棵大树,甚至是一座森林,我们将发现,这一片树叶与它周围的伙伴们,与在同一个枝头曾经,或者将停留在这里的另一片树叶,并没有什么不同。如果我们从一片树叶中辨认出一棵参天大树时,我们留存的不再是一个季节,如果我们从中辨认出一座森林时,我们留存过又何止千年、万年?当我们从一片树叶中辨认出神,辨认出道,辨认出真理那无处不在的背影时,我们终于从我们的悲伤中发明出全部的感激与赞美,而我们心灵深处在这一刻的颤栗与感动因对道、对真理的揭示与辨认而得以永恒。

416

任何一个时代都会有一批优秀的诗人与艺术家,如果我们独立地观察一个时代时,我们会发现任何一个时代都会呈现出一个独立的金字塔。历史的长河就是由无数这样的金字塔连缀而成的山脉。

417

这些处于金字塔最顶部的人,他们共同构成了一个时代的标记与记忆。但这些金字塔的高度是不同的。它们取决于那广阔的底部,并从那无穷无尽的多数那里源源不断地汲取力量。

或者说,这就是一个时代的"气"。

418

当时代的潮流通往着真理,那么,一个时代那最优秀的部分,他(她)就是潮头的引领者,反之,他(她)就是一个坚定的反对者。

426

诗歌在今天的衰微与它渐渐堕落成一种愉人耳目的纯粹技艺有关。它不再是我们对这个世界神奇之处的发现与转述,也不再为我们的心灵疗伤。但我并不因此而悲观,诗歌从来没有堕落,堕落的只是一个时代以及生活在这样的一个时代中的诗人们。或者说,诗歌从来不曾远离,它就在这里。它在等待一群人,它在等待庄子、李白、杜甫、苏轼为一个时代命名。

428

涅槃是喜悦的,生的诱惑与勇力来自对未知事物的探求与渴望。而涅槃作为我们得以彻悟的一个瞬间,或者说,它意味着一个起点,因为从这一刻开始,不再有任何的秘密可言。

430

一种真正的品质不是麻木的,更不会冷漠。他依然,他必须如此敏锐,那不是遗忘,而是更深入的知悉后的热爱与放下。

431

诗人,你是狂流无序的浪花与旋涡中那深居的秩序。

或者说,你是狂流,同时,又必须是这狂流的驾驭者。

440

那些以用放大镜观察肚脐眼的方式来观察艺术与文学的人,无论他们声称从肚脐眼中发现了怎样的美景,他们终究成为了眺望者眼中的笑柄。

444

所有的事物都是平等的。

所有的事物都是真理那最卑微的使者。

真理在一草一木之中。

真理在经文里,真理同样在屎溺之中。

屎溺同样是一条道路。

445

诗歌不仅仅是诗歌,诗歌是一条道路。这是一条通向神的道路,这是一条通向真理世界的道路。

是的,诗歌是如此的骄傲,又是如此之卑微。

446

让真理回归到尘世最卑微的事物中,这同样是诗人的使命。这绝非对真理的背叛,这种从一回到万的征程,有如玄奘当年从西域的归来,或者说,这是上求之后的下化,是证得菩提之后的普度众生。

447

那是闪电,是低低垂挂的云,是或淅沥或滂沱的雨,是神从高处递给我们的一把梯子。

455

这是一个绝望的时代。或者说,这个时代的写作是一种绝望的写作。

这甚至是这个时代形式主义盛行那根本的原因。艺术退缩为一种纯粹的技艺,它不再作为我们悟道的副产品,不再是我们对真理世界探索过程中那些沿途的风光。

但诗人必须成为这样一个艰难的时代重获信心与勇气的那根本性力量的一部分。当我们发现真理世界从来就在那里,并没有因为我们的盲目而发生一丝的晃动与坍塌。我们曾经的绝望,不过是在两片广阔的陆地之间的一截狭窄,但并不漫长的走廊。

那么,我们将不再为当下形式主义盛行的艺术潮流,不再为那些专注于技巧与语言的打磨的诗歌,那些用放大镜来观察肚脐眼的写作方式所困扰。是的,我们所面对的世界要广阔得多。我们的诗歌也不仅仅能触及感官,更要触及我们的心灵。我们必须在语言中构筑起通往心灵的通道。

456

汶川大地震后,涌现了数以万计的诗歌,其中的一部分还得以大范围的流传,并感动了无数的读者。但并非是我们的诗歌,而是我们共同经历的大灾难与我们在大灾难中呈现出的勇气与爱震撼与感动了我们。我们依然在等待与甄别,那在若干年后,在大地震、大灾难在我们现实层面上的影响消退之后依然一再触及我们的生命与心灵的作品。

这同样是每一个时代给予我们的挑战与考验。或者说,打动那些同时代的读者要相对容易得多,因为我们背负着太多相似的时间与事件。

但诗人,你必须成为你写下的那些诗行的另一个时代的读者。

457

生命是一次澄清的过程,是一次次澄清的过程,是从一团混沌抵达澄澈与通透的过程,是从一块岩石通往白玉的过程。

462

诗人作为这个世界神奇之处的发现与见证者。他因这神奇的呈现而震惊,而颤栗,而感动。

而一种真正的阅读,终将从这样的感动中辨认出那属于他自己的那一份。

463

只有当我们了解与洞悉神在我们体内,同时又栖身于一茎草、一朵花、一颗露珠这样的秘密与神奇。我们才能真正体会与理解,我们作为一个人所拥有的全部的骄傲与卑微。

464

如果我们将神放置在金字塔的顶点,或者,我们把神设想成一个不存在边界的圆的圆心。那么,我们每一个人,每一种生灵,每一个事物都能在这个金字塔或圆中找到自己的位置。那么,那些最遥远的事物,金字塔无穷无尽的底边,或者圆的边界是不存在的吗? 不,它们与神一样坚实与确凿,但不可穷尽。

它们是神从他的身体中分离出来,并递给我们,以使更多的人群将它辨认的阴影。

它们如此遥远,以至于它们必须合而为一。

是的,我们依然诞生于这最遥远事物之间的,那致命的吸引。

465

所有可以抵达与穷尽的事物,所有可以被我们认知的事物,它的永恒性都是短暂的。

艺术品就像我们死后留下的白骨。它或许可以留存千年,甚至万年。但在更长的时间尺度上,它终将归于消失。

不,这并非消失,而是完成了一次更为缓慢的转化。

那么,精神呢? 作为我们对神的感恩与赞美,作为我们对道的持久的热情与出发,它终将从神与道的永恒中获得祝福与拯救的力量。

細讀
READ

詩 | Poetry Construction
建设

《山羊》 20X30cm 丁山 画

解读史蒂文斯《波得·昆斯在弹琴》

张曙光

史蒂文斯诗歌的音乐性在他几乎所有的诗作中都有很好的体现,在这方面最为出色的应该是《簧风琴》中的《彼得·昆斯在弹琴》这首诗。这里我们对这首诗作一下分析。当然,要了解这首诗,我们得先了解一下里面的人物和故事。

首先,彼得·昆斯是何许人?我们知道,在莎士比亚著名的喜剧《仲夏夜之梦》中,有一个角色,就叫彼得·昆斯,为了讨好公爵夫妇,他找了一帮人,粉墨登场,自己则担任导演和编剧。在这首诗里,史蒂文斯让他扮演了一个主角,由他来讲述故事。

其次,为什么要由彼得·昆斯来担任故事的叙述者?

这要涉及到面具理论。现代派的诗歌创作是以反对浪漫派为明显标志,浪漫派崇尚个性和自我,在表现情感方面缺少控制,有很多夸饰,这在现代派作家看来是要不得的。当然,在现代派作家中,每个人对浪漫派的态度也多少有所不同。艾略特是铁杆的反对浪漫派的,他说过,诗歌不是感情的喷射器,而是感情的方程式。叶芝和艾略特一样,都使用象征主义的方法,被称为后象征派,但叶芝却自称为"最后一个浪漫主义者",当然,他说的浪漫主义,只是强调了浪漫主义的某一或某些方面,并不是全面。叶芝在写作上并不反对在诗中表达自我和个人经验,但他提出了"面具理论"。

所谓面具理论，也是反对直接表达经验。抒情诗中总是避免不了一个"我"字，而让"我"戴上了各种各样的面具，"我"就会以各种各样的角色出现，就像演员在舞台上表演，既是自己，又不是自己。这就与自我拉开了距离。叶芝后期的作品就常常戴上面具，他的诗中经常有现一个人物，叫疯简，借一个疯老太婆的口，说自己想说的话。那么回到这首诗，史蒂文斯让这位彼得·昆斯充当故事的讲述人，也是在为自己戴一个面具，这样的目的倒不仅仅是为了避免表现自我，而是要增加作品的层次，给作品涂上一种戏剧色彩。

史蒂文斯的情况更为复杂。一方面，他在哈佛读书时受到桑塔耶纳思想的影响，主张非理性，创作路数完全是属于现代主义的。但另一方面，他尤其喜爱浪漫主义诗人济慈，海伦·文德勒曾经撰文指出济慈的《秋颂》是史蒂文斯创作的原型，而哈罗德·布鲁姆也说，"史蒂文斯更喜欢整理他那些坛坛罐罐，他的冰凉的瓮，然后打碎它们。……济慈的《希腊古瓮颂》在史蒂文斯的诗中就以'青瓷'的形式被内在化了。"但他没有像他的朋友威廉斯早期那样笨拙地去摹仿，而是把济慈成功地进行了转化，使之融入了二十世纪的现代主义诗歌，这也是为什么他受到喜爱浪漫主义诗歌的布鲁姆的很高赞誉的原因。

彼得·昆斯要讲述的是《圣经》中的故事。据《圣经》，美丽的女人苏姗娜在自己家的院子里洗澡，有两位老法官在暗中偷看。当女仆出去后，他们两个出现在苏姗娜面前，提出非分的要求，并威胁说，如果她不答应，他们就说她和一位年轻人通奸，判处她死刑。苏姗娜说，我宁愿清白而死，也不愿在上帝面前作孽。第二天，他们判苏姗娜死刑，先知但以理却感到事出有因，要求重审。他分别向两位长老问讯，发现两个人的供词在很多地方自相矛盾。于是真相大白，两位长老被判死刑，苏姗娜无罪释放。

《圣经》讲这个故事是劝人行善，因为善恶最终有报。但在史蒂文斯这里，他只是利用了故事的前半部分，来探讨感官对心理的影响。

全诗共分三段，第一段写音乐激起了讲述者（彼得·昆斯）对恋人的思念，正像长者偷看苏姗娜，而引起心中的欲火：

> 正如我的手指在琴键上
> 奏出音乐，相同的声音
> 在我的心灵同样奏出音乐。
>
> 那么音乐是情感，不是声音；

因而它是我所感知的，
在这个房间里，渴望着你，

想到你暗蓝色的丝衣，
是音乐。就像被苏姗娜
在长者心中唤醒的乐曲。

一个绿色的夜晚，明亮而温暖，
她沐浴在安静的庭院，这时
红眼睛的长者们看着，感到

他们生命的低声区在
迷人的和弦中震颤，稀薄的血
搏动着和撒那拨奏曲。

"正如"表明的是一种连带关系。手指在琴键上奏出音乐，而这音乐发出的声音，也同样在心灵中奏出音乐。

这句话并不太好懂。我们都知道，音乐是在琴键上发出，这是物理现象；但对听众来说，这声音进入心灵，唤起心灵的共鸣，在心灵中奏出音乐，这才是完成了音乐的创作。因为这由物理现象变成了精神（艺术）现象了。

艺术要用心灵来感知。用这首诗中的话来说，如果琴键上奏出的音乐没有在你的心灵中奏出音乐，如果你的心灵对音乐没有感应能力，是无法进行欣赏的。这句诗中涉及到了音乐——也是所有艺术——与心灵的关系。

那么音乐是情感；不是声音

说音乐是情感，只要稍有艺术常识，没有人会不同意。音乐是由音符组成的，音乐组成乐句，组成旋律，这些都是情感的表达。人在内心中有情，抒发出来就是诗歌，就是音乐。艺术都是这样。不包含情感，或不能唤起别人情感的，就不是音乐，不是诗歌，不是艺术，这一点大家都会清楚。但说音乐不是声音就有些费解了。

诗歌讲究新奇，最忌平庸，同时也必须简练。对这句诗要这样来理解，说音乐是情感，不是声音，是就音乐的本质而言的。音乐属于情感范畴，最

初发出的是声音,一经完成,就是情感的表达,而不仅仅是声音了。正因为如此,才有下面的

> 因而它是我所感知的,
> 在这个房间里,渴望着你

你是谁?作者心中总是有个具体或不那么具体的对象,体现在诗中,却似有似无。我们可以猜想,这里史蒂文斯可能说的是他的妻子,也可能是别的女人,当然也可以认为这是彼得·昆斯在讨好哪一位女士。总之,"你"是谁并不重要,重要的是她成为这首诗的倾诉对象。甚至她可以是读者的代称。

> 想到你暗蓝色的丝衣,
> 是音乐。就像被苏姗娜
> 在长者心中唤醒的乐曲

"暗蓝色的丝衣"极富意味。史蒂文斯本质上是个画家,他的色彩感很好,他爱在诗中使用单纯的色彩,他的色彩也都有寓意。"暗蓝色"象征着神秘、幽深,也常常用来表示忧郁。"丝衣"和"暗蓝色"配合在一起,这一特点就更加突出。说丝衣是音乐,是说丝衣同样会在他的心中唤起情感,当然,这里不光说的是丝衣,更是穿丝衣的"你"。"就像被苏姗娜在长者心中唤醒的乐曲",是打比方,你的暗蓝色的丝衣在我的心里唤起了我的情感,就是古代被苏姗娜的美所打动的两位长者。这既是对倾诉对象拍马屁,同时也顺理成章地引出了苏姗娜的故事。

这里我们看到,苏姗娜的故事在诗中虽然占据了主要的篇幅,却不是表现的主体,而是喻体,是用来说明作者意图的,即例子。

> 一个绿色的夜晚,明亮而温暖

用"绿色"来修饰夜晚,是形容夜晚美丽。乍看上去,觉得不太恰当,就像马蒂斯在一幅画中把背景画成红色的一样。但效果却相当突出,营造出一种气氛。我们甚至找不出比这个更加合适的色彩了。"绿色"加上"明亮而温暖",也是在暗示故事发生在春天。再进一步说,"绿色"与生命和春天是相联系的。

> 她沐浴在安静的庭院,这时
> 红眼睛的长者们看着,感到
> 他们生命的低声区在
> 迷人的和弦中震颤,稀薄的血
> 搏动着和撒那拨奏曲。

"安静"与上面的"绿色"、"明亮而温暖"相对应。这很重要,显示出诗人思维的缜密。

用"红眼睛"来修饰长者,表明他们被苏姗娜的美色所打动,也与上面的"绿色"形成了对照。"感到他们生命的低音区在迷人的和弦中震颤",这里使用了音乐术语。"迷人的和弦"当然是指苏姗娜的美貌,"生命的低音区"是指长者的内心。他们看到正在沐浴的苏姗娜,情不自禁地被她的美貌打动了,内心发出了震颤。

"稀薄的血"是指长老们年事已高,"和撒那"是一首赞美上帝的圣歌,声音高亢,这里用来和长者"稀薄的血"形成对比。但这里不是像那个故事一样,对长者进行道德上的谴责,而是用来形容自己在"你"的面前,就像长者被苏姗娜吸引一样,其实是把对方比做古代美女,把自己比做卑微的长者。

第二段写苏姗娜沐浴时的感觉,开头静谧和谐,突然铙钹轰响,号角齐鸣,出现了强烈的不和谐音:

> 在绿色的水中,明亮而温暖,
> 苏姗娜躺着。
> 她寻找着
> 春天的触摸,
> 找到了
> 隐秘的想象。
> 她叹息,
> 为太多的曲调。
>
> 在沙岸上,她站在
> 情感消褪的平静中。
> 她感到,在叶子中间,

古老奉献的
露珠。

她走在草地上，
仍在颤抖。
风像她的女仆，
在羞怯脚上，
缠着手织的丝巾，
仍在飘动。

一阵气息在她手上
使这个夜晚喑哑。
她转身——
铙钹轰响，
号角齐鸣。

诗中重复出现"绿色"，重复出现"明亮而温暖"，只是不再是用来形容夜晚，而是形容水。这并不是诗人词汇量小，除此之外找不到别的词汇，而是有意造成一种重复的效果。这种重复在音乐中最为明显，音乐中有的旋律在不断地出现、变奏，使主题进一步深化。而在这首描写音乐的诗中，史蒂文斯有意仿照了音乐的写法。

苏姗娜躺着。
她寻找着
春天的触摸，
找到了
隐秘的想象。
她叹息，
为太多的曲调

这几行诗表明了大自然的美对苏姗娜的影响。"春天的触摸"，明确肯定了这是春天，"触摸"是把春天拟人化了。"寻找着"表明这种状态在进行中。我们既可以把"春天的触摸"理解为沐浴时的感觉，同样也可以看成苏姗娜被春天打动了，她渴望着爱情。"隐秘的想象"则进一步，道出了她内心的情感和幻想。注意"隐秘",这个词形容不为人知、也不应为人知的想法或行为。"太多的曲调"比较难懂。我以为,这是指春天带来了很多的欲望,很多的幻想,使她内心发出萌动,又一时难以实现,因此而叹息。

> 在沙岸上,她站在
> 情感消褪的平静中。
> 她感到,在叶子中间,
> 古老奉献的
> 露珠

这段描写苏姗娜出浴后的感觉。在沐浴时,她被温暖而明亮的水所包围,又值春天,因此内心充满了幻想和萌动,而现在她从水中出来,刚才的情感消褪了,因而恢复了平静。

要知道,苏姗娜不仅是古代的美女,也是人们心目中的圣洁的形象,她用死来捍卫自己的纯洁,因而为人们所称道。"古老奉献的露珠","奉献"带有一种宗教色彩,"露珠"又代表了纯净,现在她的感情得到了净化,是上面的"平静"的进一步深化。

> 她走在草地上,
> 仍在颤抖。
> 风像她的女仆,
> 在羞怯脚上,
> 缠着手织的丝巾,
> 仍在飘动

"仍在颤抖"是指草呢,还是指苏姗娜?并不十分明确。我想指苏姗娜更恰当,她的内心恢复了平静,但身体还没有从刚才的幻想中脱离出来。这一小节写苏姗娜的动态,写出了她的高贵。风也被她所打动,跟随着她,像女仆一样。她脚上的丝巾也在随风飘动,准确地写出了她的动感。

> 一阵气息在她手上
> 使这个夜晚暗哑。
> 她转身——
> 铙钹轰响,

号角齐鸣

　　"气息"当然是偷看她洗澡的长者们发出的呼吸。"在她手上"写得具体。"使这个夜晚暗哑",他们的贪欲破坏了现有的和谐。"她转身",这三个字意味深长,这意味着她对长者的做法表示不屑,也意味着她拒绝了长者们的非分的要求。

　　这一小节节奏发生了变化,原来只是悠扬、舒缓而又安详的琴声,现在出现了敲打乐和吹奏乐:铙钹、号角。这样使作品的气氛变得紧张起来,打破了原来的寂静,增加了一些不合谐的因素,造成了一种特殊的音响效果。也就是说,故事的内容和音乐是完全一致的。

　　第三段全是描写声音:喧声,大叫,耳语,傻笑……用这一系列声音来推动情节的发展:

　　很快,伴着铃鼓般的喧声,
　　来了她拜占庭的女仆。

　　她们惊异于苏姗娜为何
　　对她身旁的长者大叫;

　　她们耳语着,叠句
　　像被雨扫过的柳树。

　　即刻,她们灯笼提起的火光
　　照出了苏姗娜和她的羞怯。

　　然后,傻笑着的拜占庭女仆
　　逃开,伴着铃鼓般的喧声

　　拜占庭,后来又叫君士坦丁堡,现在叫伊斯坦布尔。当时拜占庭归属于希腊,常常被敌方所洗劫,女人被作为战利品出售。写"拜占庭的女仆"并没有太深的含意,只是为了增强诗的真实感。"铃鼓般的喧声"是指女仆身上和手脚上戴着铃环,匆忙走来发出的响声。

　　她们惊异于苏姗娜为何

对她身旁的长者大叫；

她们耳语着，叠句
像被雨扫过的柳树

　　这几句从仆人的角度对发生的事件表示惊异。"叠句"一句非常形象。"大叫"、"耳语"都是在突出声音。这些既是在叙述故事，也是在营造一种音乐的效果。

即刻，她们灯笼提起的火光
照出了苏姗娜和她的羞怯。

然后，傻笑着的拜占庭女仆
逃开，伴着铃鼓般的喧声

　　"苏姗娜和她的羞怯"表现了苏姗娜的纯洁。"傻笑着"的女仆与苏姗娜形成了对比。为什么"傻笑"，因为她看到了两位长者的失态和苏姗娜的赤裸。作为女仆，她并没有意识到事情的严重性，只是为眼前的一幕感到好笑。
　　注意，这里"铃鼓"又一次响起。但刚才是由远到近，现在是由近及远。
　　第四段总括全篇，不是原来故事的那种训诫说教，而是说美超越肉体长存，可以长久地供心灵观照：

美是心中瞬间的记忆——
一道时开时闭的门；
但它在肉体中不朽。

身体消逝了；身体的美长存。
同样夜晚消逝，在逝去的绿色中，
一个波浪，在无限地涌动。
同样庭院消逝，它们柔顺的呼吸
注满冬天的僧衣，实现了忏悔。
同样少女们消逝，向着玫瑰色的
少女合唱班的庆典。

苏姗娜的音乐拨动了白色
长者们淫荡的弦;但,她逃了,
只是留下死亡嘲讽的喳喳声。
现在,在不朽中,它继续
弹奏着她记忆的六弦琴,
完成永恒的赞美的圣事

　　这里诗人谈到了对美的认识。他对美的看法与多数人不同。他认为美在心灵("记忆")中只是短暂("瞬间")的,而只有在实体(即"肉体")中才会长存("不朽")。

　　这是史蒂文斯的一贯思想。这也是史蒂文斯值得肯定的一面。他一直重视感官,肯定世俗的美和世界的幸福,这和宗教思想是相违背的。世俗生活的感官享乐和美同样会带给人们愉悦和幸福,一点也不亚于精神上的快乐。

身体消逝了;身体的美长存

　　这一句似乎与上面的观点相互矛盾。前面说肉体中的美比心灵中的美更长久,但身体消失,美又于何处依存?我们要注意:1.前面提到的"肉体",是指实体,不是指哪一个肉体,而是整体存在。2.后面的"身体"则是指个体,比如指苏姗娜,或是西施,或是海伦。她们的个体虽然会消逝,但美却会在其中的身体中得到延续。

同样夜晚消逝,在逝去的绿色中,
一个波浪,在无限地涌动。

　　夜晚也是一样。那个绿色的夜晚虽然消逝了,但还会有其他的夜晚,就像那句套话中所说的那样:"岁月流转,情怀依旧"。"一个波浪,在无限地涌动",这应该看成是一个隐喻。时间永不停息,生命仍在延续,美就会长久存在。

同样庭院消逝,它们柔顺的呼吸
注满冬天的僧衣,实现了忏悔。
同样少女们消逝,向着玫瑰色的

少女合唱班的庆典

这几行诗的意思和上面的一样，无非是进一步的强调和深化。"柔顺的呼吸"把庭院拟人化了。"冬天的僧衣"是个非常奇妙的比喻，这不过是指冬天，但生动、形象。僧衣是灰白色的，用来形容灰白色的冬天再合适不过了。另外，"僧衣"也与僧侣相联系，僧侣要求禁欲，他们通过忏悔来达到心灵的净化。"庭院"被长者们的所作所为所玷污，它们在时间中得到了净化。现在庭院消失了，花也凋谢了，但花的芬芳却仍然长存。

"玫瑰色的少女合唱班"也是这样。"玫瑰色"用来形容少女，是利用了它的色彩艳丽。少女们会衰老，会死去，但仍然会有少女们生气勃发，参加合唱班的庆典。

苏姗娜的音乐拨动了白色
长者们淫荡的弦；但，她逃了，
只是留下死亡嘲讽的喳喳声

"苏姗娜的音乐"是指苏姗娜的美貌像音乐一样，在长者的心中引出了共鸣，当然这共鸣是"淫荡的"，不可取的。"弦"仍然沿续了前面使用的音乐的术语。"她逃了"，是说苏姗娜最终免于死刑，无罪释放。"死亡嘲讽的喳喳声"，当然是对长者们的嘲讽。他们以死来逼苏姗娜就范，但没有想到被处死的竟然是自己。

"嘲讽"用得非常准确。这是对害人不成反害己的嘲讽。我们看"喳喳声"，死亡是可怕的，是对生命的剥夺，是反自然的。因此，它不会发出和谐的声音。"喳喳声"(scraping)在英文中是金属削擦发出的声音，这不免使人想到了屠杀和断头台。长者们消逝了，但对他们的惩罚却依然在嘲弄着他们。

现在，在不朽中，它继续
弹奏着她记忆的六弦琴，
完成永恒的赞美的圣事

"它"是指什么呢？诗句很模糊。是指永恒？事实上，只有永恒才可能、也才有资格这样做。但因为有"在不朽中"，就不大像是永恒。让我们再回到诗的开头：

正如我的手指在琴键上
奏出音乐，相同的声音
在我的心灵同样奏出音乐

　　"继续"透露出一点秘密，这是指"在我的心灵同样奏出音乐的声音"。第一段是"奏出"，最后一段是继续，二者遥相响应。"记忆的六弦琴"就是指记忆，用"六弦琴"和"记忆"组合，词组的主体仍然是"记忆"，这样做的效果是指"记忆"由抽象变得具体，也与音乐产生了联系。

　　从这首诗中，我们可以看出史蒂文斯的一贯思想，他肯定尘世的欢乐，肯定肉体，这些与以往的哲学家的结论是大不一样的。肯定现世，这就有了积极的意义。同样，我们看到，他在三个方面表现了音乐。一是在诗中直接论述了音乐："正如我的手指在琴键上，奏出音乐，相同的声音在我的心灵同样奏出音乐。那么音乐是情感"。二是用声音的各种乐器来进行比喻，这样一来是生动形象，二来使这首诗具有了音乐的各个声部和各种乐器，成了一首音色丰富的曲子。三是他的全诗从韵律上看，也具有强烈的音乐感和节奏感。这一点大家细细阅读和品味，就可以感受到。

潘维《锦书》三题赏析

董可

　　组诗《锦书》尚未完成,现有的三首分别是《立春》、《冬至》和《除夕》。诗人选取节气与风俗这两个意蕴丰富的关键词,来写他心目中的古代或近代中国,来细细度量恒静的时间。但是,节气与民俗却并非叙述的重点,它们所起的作用更多是融成整首诗的背景和氛围。如果整组诗只是单纯民俗的堆砌,那么美则美矣,终将丧失诗歌的意蕴。

　　这么说来,诗中"我"的出现几乎是必然的。在整组诗中需要一个穿针引线的人物。读者通过"我"的眼睛、嗅觉和触觉去感知诗人意度中的世界,"我"的情感要与变迁的季节、多样的民俗相符并形成一个整体。"我"形成了一个独特的视角:"我"的身份不是小镇的匆匆过客,这才能深入到江南文化的底蕴;"我"的性格又应该使我不会放任自己的情感沉溺,从而形成一种间离效果。"我"是一个叙述者,又是诗中的主人公。"我"把一切都看在眼里,既是一个旁观者,又身在其中。于是,诗人为我们塑造了一个婚后不久丈夫即远行的少妇形象,一个曾经的大家闺秀,现在的身份地位是少奶奶。

一、春:婉约的江南哀歌

　　"立春。邮差的门环又绿了。"这是《立春》的第一句。以小见大,"门环"这个意象,一下子就聚焦了一个宅院的轮廓。"门环绿了",因为绵绵的春雨中,潮湿的空气里,铜制门环慢慢惹上了绿锈。为什么是"邮差的门环"?因为叙述者,一个等待着的女性,耐心又细心地守候着远方的来信,但是,令人失望的是少有人来叩门。一个"又"字,道出了时间上的轮回延续。短短一句诗里携带着如此丰富的信息量,正可谓不写之写。

"壁虎也在血管里挂起了小的灯笼。寒气贴在门楣上,是纸剪的喜字。""也"字耐人寻味,含蓄地给读者抛出一个疑问:同时挂起红灯笼的还有谁?挂灯笼和贴喜字在中国的风俗中都表明不久前曾有人家办了喜事。"贴"有三用,既是壁虎在墙上的姿态,也说明喜字贴在门楣上,同时还指出了虽已是立春,但天气并未完全转暖,犹有冬日里的余寒黏连着。

下面主人公"我"的初次登场,是一段优美得让人不舍隔断的话:"我的书法没什么长进,/笔端的墨经常走神,滴落在宣纸上,/化开,犹如一支运粮的船队。/它们也该向京城出发了。/我给你捎去了火腿一只、丝绸半匹和年糕几筐,/还有家书一封。"以书法开头,以家书结尾,引出知书识礼的少奶奶的形象。诗不明写对丈夫的思念,但处处都在写思念——思念在经常走神的墨水中流露,在给丈夫捎带的每一件物品的琐碎细节中游走。从练字,到给丈夫捎带物品,这两个颇有差距的情境转换也相当自然:饱满的墨水凝聚在笔端,却因为主人公走神而使握笔的手停顿在半空中,滴落在宣纸上泅染出的墨迹像是国画中船队的轮廓——这是诗人的独特想象,在意料之外,又在情理之中。家书一封又和前文的练字、甚至是首句的盼望来信相照应。这段话用笔极简,效果却很美,唯有诗能做到。诗人的节奏拿捏非常到位,可以如此精确,也可以有闲笔——"火腿一只、丝绸半匹和年糕几筐,还有家书一封。"火腿、丝绸、年糕都是些典型的江南特产,作为妻子在关心了远行丈夫的衣与食之后,才在最后似不经意地提起一封家书,使扑面而来的烟火味掺杂了自然的诗意,并回应了第一行的邮差。

"那首小诗 / 是我在一个傍晚写成的:门前的河流 / 让镇上的主妇们变得安静,/河水拐弯熟练得像做家务。"可以推测出家书里也多是闲道家常,不会有露骨的示爱。只有专门提到的那首傍晚写成的小诗是真正属于"我"的,有一种在充满隐喻的诗句中才能承载的意味深长的惦念。河水与主妇两句采用互文手法,描写的画面恬淡:傍晚时分的河水安静流淌,主妇们熟练地做着家务。整段诗舒缓有致,脉脉的温情从中流淌出来。

《立春》的精致不仅在语句的细丽,也在于诗中情景前后照应的多次体现。比如"今日,在管家的安排下 / 全家都在擦拭、扫房和沐浴。……你知道,在这欣欣向荣的柳风里,/ 我应该拥有梳洗打扮之后的心情。/ 但是,衰老的冬天仍有着苛刻的寒冷。"这一段和前面的"节日的气氛整天在我身边忙碌。/似乎橱里的碗也亮了许多。/至于庭院里的那株腊梅,/喧闹得有点冒昧,又有点羞愧"正好相互照应。"羞愧"与"冒昧"采用拟人手法。腊梅本身不会产生这种感觉,那感到羞愧的是谁?是正在看它的人。在管家的安排下全家都在忙碌着沐浴和扫除,孩子们穿着新鞋欢快地跑过游廊,腊梅也绚烂地绽放着,这是一幅生机勃勃的画面。"应该"与"但是"却使这欢乐的情感急转直下,"我应该拥有梳洗打扮之后的心情"委婉地点出那种焕然一新的心情我其实并没有。在欣欣向荣的柳风下,冬日的余寒绝非充足的理由,那使我郁郁不乐的原因就尽在不言中了。这样一来,我们也能理解为什么会有一句"节日的气氛整天在我身边忙碌"了。盛开的腊梅在周围环境中显得"冒昧",与"我"在这热闹的环境中格格不入的感觉是相通的。因为"我"心不在焉,而在远方。

《立春》技巧圆熟,却并不让人觉得过分雕琢。诗人很好地掌控了其诗句的内部节奏。《立春》共九段,第一段完全不押韵,之后基本上是每段里只有一个词压韵,"家务""忙碌""花布""泥土""湿度""钓雪图",算的上以段落为单位来押韵。韵脚上的相对宽松使潘维在带着镣铐的同时,争取到了最大限度的自由。

二、冬:失落的女子忧郁

《立春》写春,《冬至》和《除夕》写冬。同样是写冬,《冬至》与《除夕》就大不相同。作为一年中重要的节日,诗人敏察冬至与除夕的差别,以及在主人公情感上引起的微妙差异。一样是不眠之夜,《冬至》里"一年中最漫长的夜晚"在面对《除夕》中"今夜,是唯一的;/虽然已重复了上千次,或者更多"时就不免显得黯然失色。在潘维笔下,《除夕》作为一年的最后一天,也是组诗的终点,感情是最为浓烈而不可抑制的。《冬至》则相对要淡一些,在克制中为最后情感的高潮做好铺垫。

《冬至》开头的口吻依然温和如常,把家里的气氛与装扮,以及江南冬至日的祭祀风俗娓娓道来。"我们家族繁茂、绵延,/靠阴德、行善福泽了几代。"展现出一个几世同堂的大家族的风貌,看似迷信的说法在古朴的语境中自有一种说服力。继冬至吃饺子的风俗之后,"数完九九消寒图八十一天之后,/河水才不会冻僵听觉,/春柳才会殷勤地牵来耕牛"巧妙地化用了民间九九消寒图和九九歌谣的典故。九九消寒图有三种,一是点染梅花,二是画圈,三是描字,道理都是相同的。每天一次,待到八十一天完成后,春天也就来了。九九歌谣中"五六七九沿河看柳"和"九九加一九,耕牛遍地走"

被诗人自然的化成"河水才不会冻僵听觉,春柳才会殷勤地牵来耕牛"。不同于化用前人诗句,诗人化用歌谣与风俗典故入诗,少了分文人气,而多了些平实的生活味。

如果说《冬至》的第一部分是过年时市井生活的浮世绘,第二部分则是千百年来古中国女子命运的缩影。

"我"是贯穿组诗的人物,也是江南女子的映照与幽怜。在第一首《立春》完成的三年后,潘维所作的《冬至》和《除夕》的情感基调为之一变,这既是故事发展的节奏,"我"的心情也与季节的更迭相关。与《立春》里春天萌生的骚动不同,也许是因为天气的寒冷,也许是因为过节的热闹气氛而更显心情冷清,可以明显察觉出"我"心情的低落与忧郁。《立春》中的"我"还是个怀抱着思念与希望的女子,远行的"你"还有着对话与倾诉的可能;而《冬至》中"你"的身影已经消失,春天冒出的希望沉寂,"我"的等待成为一种常态,整首诗如同"我"的独白;到了《除夕》已经习惯等待"我"的心情已经是"紧张,并不甜蜜"。整首诗的情绪都很淡然,只有倒数第二段的一句"夫君,家乡最不缺的就是打更声,/也不缺充满思念的铜镜",泄露了之前营造的不动声色的气氛,像是终于忍不住的幽怨和单方面的呼唤。

在《锦书》组诗里,所有情景和感触都源自"我",是我的眼中之所见,心中所留意,"我"是一个关键人物。但值得注意的是,诗句里没有涉及到"我"的任何具体描述,"我"只是一个模糊的轮廓,这便于使读者产生代入感。"我"不是一个具体女子,而是某一类女子。潘维对她们的口吻和视觉拿捏得很精准:她们生于江南的某个乡镇,有着良好的教养,在闺中时等待未知的那个人,长大后依父母之命媒灼之言嫁给门当户对的人家,嫁人后死心塌地地等待外出从政或从商的丈夫。命好一些身边还能留有一个孩子陪伴;而更多时候只能怀着对亲戚家孩子的怜爱,在旁观着侄女外甥的嬉戏中得以慰藉。她们容色端庄,心思细腻,被教养得欢喜和忧郁的感情都并不浓郁,而是淡淡一层。她们的思念很含蓄,一生很平淡,似乎就是等。这是些温婉如水般的女子,就这样一代代地度过水一样平静甚而平淡的生活,孤独是她们的宿命,等待是她们的主题。

"尘蚍的寂静是祖传的;/高贵,一如檀木椅,/伺候过五位女主人的丰臀,/它们已被棉布打磨得肌理锃亮。"这四句诗,完美地表现出千百年来女性的命运是如何传承的。"我"并非心无不甘,也并不是没意识到"我"正在注视的其实是自己生命消磨的过程。相反,我清醒地知道"那些时光,看着热闹,/实际上却不如一场大雪,/颠簸、自在,/鹅群般消融"。但是,那一代代女性的鬼魂也无法解脱我,因为"我犹豫着,想到礼仪"。长久的家庭教育,当地的风俗浸染,已经使"我"形成了一种本能——我只能清醒地看着自己沉沦,只能继续等待着,等自己成为下一个被消磨被浪费的美好生命。这也未尝不是一种坚持,坚持着放弃。诗人笔下这些女性的命运就这样演绎了一个可悲的轮回——从蹬着缎鞋的女童,未嫁的花布,千里之外的花轿,纸剪的喜字,荒芜的古琴,镇上的主妇们……最后是祖传的寂静,一声叹息。

可贵的是,潘维没有站在道德制高点上对她们的命运有所评价,他也没有做出到底哪种命运更好的价值判断。他只是看到了她们的选择,并把它如实呈现出来,而把品评的权利交给了读者。

三、提炼琐碎生活中的诗意

《锦书》组诗的题材其实很简单。古今多少诗篇里,这样的大家族中的女子曾经被反复书写。但潘维着力表现的不仅是她们的等待与思念,还有她们的生活和命运。她们也要做家务,要算计好给丈夫捎带什么东西,写家书练字来打发时间,参与家族的节日,给外甥侄女封压岁钱,守夜……她们不是一味洒泪思念,事实上等待的确不只是一个词,而是要在过日子中一天天过去的。

平平实实才是真,难得的是潘维能从这平实的日子里提炼出诗意来,凭借了一些富有生活意趣与民俗气息的小细节,这些来自民间类似于约定俗成的风俗能经过千百年传承下来,自是有它坚韧的生命力。日常生活里已经成为人们的习惯时尚不明显,但当它们成为诗的要素时,换一种眼光去审视,就会发现它们中间蕴藏着的民间智慧与惊人诗意。组诗扑面而来浓浓的民俗气息,大量民风民俗甚至被成段书写:"厅堂里张挂着喜神,/磨面粉的声音不断溢出墙外;/之前,穷亲戚们提筐担盒,充斥道路;/送来汤圆、腌菜、花生、苹果……我们家族繁茂、绵延,/靠阴德、行善福泽了几代。/冬至日,乃阴阳交会之时:/不许妄言,不许打破碗碟/媳妇须提前赶回夫家,/依长幼次序,给祖家上香、跪拜。"如此多的民风民俗聚集在潘维笔下,却丝毫不显得铺张和堆叠,说明他已经把这些资料消化了,才能用得恰到好处,使它们和江南小镇,和组诗需要的意境妥帖地契合。这看似随意而就,其实是精心设计的结果。

另一方面,诗意的提炼也离不开遣词用句上的用心。不论潘维多么尽心于让这份美显得浑然天成,诗终究还是免不了要炼字炼句。在这时候,潘维就如同语言的炼金术师,他相当清楚什么时候可以平实,什么时候又应当华丽。以《冬至》为例，第一部分是民俗小像，着力点在民俗本身，给人的感觉要平实亲近，倘若用句华丽不免喧宾夺主。第二部分书写女性细腻的感触时，潘维就可以放开手脚了。"一线阳气先从锈针孔醒来。/ 我换上大红云缎袄，绣着梅花，/ 像戏班子里的花旦。/ 我通宵为火炉添置炭末、草灰，/ 不时感到揭开瓦片的寒意。/ 北风从荷花池经过，/ 枯乱地偷走几丝 / 洗湖笔留下的墨香。"这段诗语句固然精巧，却又并非胡诌，而是能够解释得通。古人有言"冬至一阳生"，指的是阴气到冬至时盛极而衰，相对的阳气开始逐渐转盛，故而"一线阳气从绣针孔里醒来"。"一线"用得极妙，"线"从"针孔"中钻过本是理所当然，"一线"当做量词时，又说明了刚刚萌芽的阳气之稀薄。"大红云缎袄，绣着梅花"一句，"绣"字与上句的"绣针孔"对应，"梅花"又与前文的腊梅和《除夕》里"腊梅树泛滥着影子"照应。继而叙述视角从内到外转换，从室内的火炉移至室外的荷花池。"枯乱"既指荷花杆，又指北风。寒冬里池塘中只余荷花的枝干，其姿态也是颓败的。干瘪的北风的刮过，吹乱一池水，也使水中的墨迹一点点晕开。因为是"偷"，所以会"乱"。"墨香"也与《立春》中的书法和家书呼应，承接转合十分自然。池塘中荒凉的景色与"我"身上艳丽的大红袄形成的色彩反差强烈，这种画面感也许与诗人多年纪录片拍摄制作的经验有关。简单来说，潘维的意象总是重复呼应，用字喜欢一次多用，用词往往一针见血，比喻能够舍形取神。整组诗的气质也就介乎于"拍灶王爷马屁"和"洗湖笔留下的墨香"之间，有了种大俗大雅的张力。

　　潘维遣词用句上的微妙与精准，以及不时出现的充满想象力的妙笔，都成功地使《锦书》组诗像被一层水雾弥漫的江南小镇，有着淡淡的哀愁。细读下来，像是一位温婉妇人对久离故里的丈夫倾诉，也像在外漂泊的人读来自故里的家书，不会误读的总是那份含而不露的婉转深情。那是一个已经过去的时代，是使用银子的钱币，用打更来报时，有着师爷、学徒、账房先生、算盘、铜镜、花轿、荷包的一个忧郁而愁人的时代。那些失落的纯美，由诗人潘维捡拾起来，让我们霎时便回到过去，回到那回不去的旧时光。

附录:

潘维:锦书三题

立春

一

立春。邮差的门环又绿了。
壁虎也在血管里挂起了小的灯笼。
寒气贴在门楣上,
是纸剪的喜字。
祖母在谈论邻家女孩的蛀牙,
声带布满了褶皱。

我的书法没什么长进,
笔端的墨经常走神,滴落在宣纸上,
化开,犹如一支运粮的船队。
它们也该向京城出发了。
我给你捎去了火腿一只、丝绸半匹和年糕几筐,
还有家书一封。那首小诗
是我在一个傍晚写成的:门前的河流
让镇上的主妇们变得安静,
河水拐弯熟练得像做家务。

不远处,就要过年了。
节日的气氛整天在我身边忙碌。
似乎橱里的碗也亮了许多。
至于庭院里的那株腊梅,
喧闹得有点冒昧,又有点羞愧。

每当夜风吹过,就会有一阵土腥弥散。
水乡经过染坊的漂洗,
成了一块未出嫁的蓝印花布。

二

解冻之时,木犁
或者虫蚁疏松着泥土。
当然,还需检查地窖阴暗的湿度。

今日,在管家的安排下,
全家都在擦拭、扫房和沐浴。
女童的缎鞋则像刚开封的黄酒,
匆匆穿过精巧的游廊,
在空气两旁刺绣出瑞香与迎春。
你知道,在这欣欣向荣的柳风里,
我应该拥有梳洗打扮之后的心情。

但是,衰老的冬天仍有着苛刻的寒冷。
三更敲过之后,整座府院
就掉进了一幅"寒江钓雪图"。
墙上的古筝,荒芜又多病。
火盆里的炭将一生停留在灰中。

岁暮的影子,
又徒增了些许无辜的华丽。

2002.2

冬 至

一

这一日,像舂白的米粒一样坚实,
如冬水酿的酒一般精神。
厅堂里张挂着喜神,
磨面粉的声音不断溢出墙外;
之前,穷亲戚们提筐担盒,充斥道路;

送来汤圆、腌菜、花生、苹果……

我们家族繁茂、绵延,
靠阴德、行善福泽了几代。
冬至日,乃阴阳交会之时:
不许妄言,不许打破碗碟,
媳妇须提前赶回夫家,
依长幼次序,给祖家上香、跪拜。

俗语道:"冬至之日不吃饺,
当心耳朵无处找。"
数完九九消寒图八十一天之后,
河水才不会冻僵听觉,
春柳才会殷勤的牵来耕牛。

一年之中最漫长的黑夜,
就这样焐在铜火炉里,把吉气焐旺;
如乡土的地热温暖一瓮银子。

二

一线阳气先从锈针孔醒来。
我换上大红云缎袄,绣着梅花,
像戏班子里的花旦。
我通宵为火炉添置炭末、草灰,
不时感到揭开瓦片的寒意。
北风从荷花池经过,
枯乱的偷走几丝
洗湖笔留下的墨香。

虫蛀的寂静是祖传的;
高贵,一如檀木椅,
伺候过五位女主人的丰臀,
它们已被棉布打磨得肌理锃亮。
唉,那些时光,看着热闹,

实际上却不如一场大雪，
颠簸、自在，
鹅群般消融。

恍惚中，环佩叮当；
隐匿在香案、贡品后面的鬼魂，
试图在公鸡啼鸣之前，
将我疏枷放去。
我犹豫着，想到礼仪。

连日来，钟鼓楼只传放晴的消息，
就是说年节要陷在泥泞里了。

2005.1

除 夕

一、

岁暮之际。米店的生意愈加兴旺。
小学徒不经意闻到了雪花的清香，
在石板路上轻撒。
茶馆已打烊。
惊堂木贴上了封条。
黑匣内贪睡的官印
证明师爷和家眷去置办年货了。

似乎寒冷明白我的心情：
紧张，并不甜蜜；
如一条风干的腊肉，
晾挂在通风的廊檐下。
这些天，街坊邻居忙着接送神灵；
忙着占风向、起荡鱼、选年画；
忙着做小甜饼，拍灶王爷马屁。

现在，整条街随账房先生的算盘，
零落的安静下来。
佛堂里的香火开始念经。
我点起红烛，那忽明忽暗的雀斑；
接着，爆竹声连成了一片。

二

有威严的门神做猎户星座，
有驱寒的花椒和喧闹的家人。
祝福如期而至：
从四世同堂的八仙桌前，到家谱展开，
光耀门庭的那一刻。

今夜，是唯一的；
虽然已重复了上千次，或者更多。
侄女和外甥像一对布老虎，
围着冬青、松柏燃起的火堆嬉戏，
可爱，散发出土气、奶香。
我把压岁钱放入苏绣荷包，
压在棉絮枕头下，
保佑他们的身体远离妖魔。

夫君，家乡最不缺的就是打更声，
也不缺充满思念的铜镜。
此刻，雪月没有吠叫，
腊梅树泛滥着影子，
也没有花轿抬我到千里之外。

守岁的不眠之夜如同猫爪，
从鼠皮湿滑的光阴里一溜而过，
微倦，又迷离。

2005.1

《奔马》 20X30cm 丁山 画

建设
CONSTRUCT

詩 | Poetry Construction
建设

《沙漠上空》 16X28cm　丁山　画

风云诗学:各行其是与彼此呼应

桑克

加西亚·洛尔迦时代的政治家

我的思考从柔软的西班牙开始,而非坚硬的斯大林。

从 1939 年到 1975 年,佛朗哥的独裁政治在西班牙存在了 36 年。巧合的是,从 1975 年到 2011 年也是 36 年。36 这个数字,按照中国的传统历法计算,代表着三个生命周期的轮回。同时,数字巧合带来的宿命意味,对素来青睐神秘的诗人来说肯定具有一种与众不同的自我暗示的气息:2011 年是不是一个非常特殊的年份?

如果顺着这条思路走下去,敏感的诗人肯定能够找到更多的而且有力的物证——还是勒住缰绳吧。你可能已经发现,独裁的光泽如何在暗夜之中闪烁。它对某些不谙史实的诗人来说似乎有些匪夷所思,然而却是一个活生生的事实。它至少向某些天真的诗人表明,即使是在现代文明的故乡欧洲,独裁也非遥远的历史回声。

1936 年 8 月 19 日,我的同行,诗人加西亚·洛尔迦在家乡格拉纳达被佛朗哥的长枪党人杀害,仅仅因为他支持共和国,支持同性恋,反对不抽烟不喝酒,据说长着一双杏眼,目光黝黑而且黯淡,"简直有点忧伤"的,偶尔还画上两笔的佛朗哥。

洛尔迦的《西班牙宪警谣》(戴望舒译)写于 1924 至 1927 年之间,在我

眼中,几乎可以被视为未来长枪党人的真实造像:

> 他们的脑袋是铅的
> 所以他们没有眼泪。
> 带着漆皮似的灵魂
> 他们一路骑马前来。

　　脑袋是铅的,不是肉的,所以不会考虑人民的肉体是多么的脆弱;没有眼泪,是因为他们根本没有传达同情的泪腺;灵魂好像漆皮,是因为他们内心的黑暗。洛尔迦面对着宪警,以权力为价值核心的官僚,狂热而狭隘的民族主义分子,无所不在的乌合之众⋯⋯

　　根据《佛朗哥私人谈话录》的记载,1955 年 2 月 5 日,佛朗哥说:"的确,他是一位伟大的诗人⋯⋯那里的情况是无法控制的,当局不得不采取预防措施对付左派分子的任何反对民族运动的行动,他们因此枪毙了一些这方面最突出的人物,其中有加西亚·洛尔迦。"每个具有良知的诗人都能看出来,这是一种具有某类朴素风格的花言巧语。

　　与诗人的激情不同,政治家往往推崇一种近似朴实的从政风格,即通常采用所谓的亲民修辞或者一种具有表演特征的社会礼仪,比如 1961 年 6 月 10 日,佛朗哥说:"我们允许召开一次文艺性质的集会,但这次集会却变成了政治性的集会,这是很令人遗憾的。"某些对独裁政治缺乏了解的诗人可能不明白遗憾这个词所象征的冷血以及不寒而栗的气息。

　　然而政治话语的荒谬性并不是一眼就能看出来的,除非你受过独立的思考训练,受过严格的常识教育。比如佛朗哥的堂弟当时也这么说过:"当新闻检查愈严格,批评的自由愈缺乏之时,谣言、笑话、轶事等也就传闻得更多。"他们什么都知道,不等于他们能够实行政治改革,只不过这些情报或者相关认识更加方便他们采取对自己的政治利益更具应用价值的行为而已:表面灵活多变憨厚朴实而本质高度钳制铁血狰狞。

　　在洛尔迦身上集中地体现出性与政治的双重主题。由此引申,可能还会引起一连串的提问:当代如何进行性与政治的双重解放?挑战政治包括法律以及道德权威的真正意义是什么?这些问题大声地要求一个或者几个合理的阐释。

　　1975 年 11 月 20 日,佛朗哥死了。西班牙人用香槟庆祝这个喜讯。诗人阿尔维蒂说:"西班牙史上最大的刽子手死了,地狱的烈火烧他,也不足解恨。"

理想的风云诗学

风可以不搭理云,云可以不搭理风。

风是语言的愉悦,云是存在的见证。

这是一种不必承担任何指责的各行其是的诗学理论,它基于一个极其重要的存在基础:自由选择——尽管我对这一概念的借用肯定不同于弗里德曼。

视角差异,立场差异,风云差异,不是非得调和或者整合不可。

当然不会忘记双方之外更多的可能性,更不会忘记谋求双方合作的当代努力。

如果存在几种相互缠绕的风云诗学,那么相关情况的复杂性完全可以想象。其中可能存在着一种完美的假设:风云亲密无间地混在一起。而强调彼此的重要性不过是基于这样的考虑:创作者强调作品效果和艺术境界,追求风之于诗学本体的价值体现;而阅读者强调写作目的和社会影响,注重云之于历史实践的记录功能。

各说各话并不妨碍眺望风云撞击之后构成的理想图景:不仅你中有我,我中有你,而且在彼此苛刻的衡量标准之下依旧保持鲜明的个性,或者由此引申,初步确立一种诗与政治的新型关系:既非彼此孤立,也非彼此对抗,而是呈现表面交融实则复杂的面貌。双方也在强调彼此的厉害:政治强调自己俗世治权的权威性,而诗则强调自己永恒的立法权。

那么何谓政治?当代解释是国家活动。那么远离它就不是一个态度和一个行为,而是一个明显的事实:国家事务其实一直处于你的生活之外。从这个定义来看,隐私是非政治性的。但在苏联时期,隐私却是最大的政治。冲突主要表现在:一面是捍卫隐私,一面是消灭隐私。所以穆旦的沉默,以赛亚·伯林的消极自由,其实都是政治行为。这些都是意识形态框架的镜像,而非文学史框架的描述。所以在这个框架的良心里,就须从个人命运与隐私权利出发,去面对政治、社会、经济、法律、道德、文化、家庭……去显示事实、情绪、思考、选择、荒谬、强迫、反省……对乌托邦构成挑战,在你的诗中……在弗洛里安·亨克尔·冯·多纳斯马的电影《窃听风暴》和乔治·奥威尔的小说《1984》中……

在美国做到政治正确不算什么,它需要的只是找到一些微弱的缝隙,以促成巨大的创造力的产生,无论是从事政治活动还是写诗。在中国需要面对一个看起来比较简单而实际上显得比较麻烦的问题结构,比如一个正在建设的关乎自由表达的政治基础的问题，或者一种并非由于一时性急而导致的不能等待基础的诗。后者在建设美学机场跑道的同时，要求自身飞翔。因此整体呈现出长白山植被的垂直景观：山下是针阔混交林，山上是高山苔原，不仅体现出内容的丰富性，也决定着选择方向的难度。

当然我们不会忘记：诗只是一种关乎语言的形式艺术，写诗只是一种创造性的工作。同时，我们也没有忘记：诗超越时代、社会的真正意味是指它包含时代、社会而非与之分离。况且它与社会性具有千丝万缕的联系：语言自身具有社会性；表现内容的社会性存在直接和间接之分；在窄小的范围之内，社会可以作为语言的工作对象而存在；在具有纯粹游戏特征的诗中，可能存在一种非常微弱的社会性，或者根本就没有什么社会性的成分。

无论什么皆能以诗面对，是否有效因人而异。从理论上讲百无禁忌，什么都能写，但实际上禁忌不仅存在，而且具有多面性，且不说自我限制与自我阉割这类厉害货色。

想象与事实的分离

诗歌与诗人的地位既崇高又卑微。

崇高是虚幻的历史，卑微是坚硬的现实。崇高多与修养相关，而卑微却非全是没有修养者的贡献，而是由于乌合之众精心的培养，由于全社会的共谋与塑造：从国家政治到单位风云，从街道思想到惟利是图的朴实价值，都在使诗以及诗的创造者们陷于卑微的深渊。而鱼目混珠者的存在不过是为群氓提供更多的蔑视的口实或者其他的愚蠢的荆冠。

想象与事实正在分离。尽管从一个狭窄的角度看来，可能存在过具有尊严的时刻，但是必须清醒地明白，这些不仅是极少出现的时刻，而且是极其虚幻的时刻。可能也正是因为这种分离才显示出诗歌政治中的矛盾心理：一面鼓励创作者成为孤独的艺术少数派，一面又期待他们具有广泛的社会影响力。这不仅在理论上不大可能成立，而且这样一个集多和少于一身的古怪家伙在实践中更不可能存在，正如出世与入世，正数与负数。

在想象或者理论中，诗的价值远在小说与戏剧之上，而事实恰恰相反。从新闻传播的注意力到乌合之众的口碑，从文化工作的政治叙事到相应的具体布置，几乎都是这样明摆着：诗的荣誉是想象的，理论的，历史的；而苦境则是真实的，具体的，现世的。这种分裂的体验促使诗人不得不集独立性与孤立性为一体，并且拥有一种也许并不恰当的傲慢。

只有当诗人成为历史的时候，他们的诗句才会释放钻石的光芒。这一说法忽略了钻石在诗人活着的时候就已存在的事实。因为没有人相信奇迹会出现在自己的生活之中，没有人相信自己的隔壁就住着孤僻的卡瓦菲斯。宝藏扔得满街都是，但在行人看来不过是一钱不值的尘土。令人震惊的是，从整体而言，你在生活之中遭遇到的，每一个似乎独特的体验，诗人们其实早已写到了，而你却不知道去哪里才能读到这些致命的句子。

诗人附属的职业社会地位更像是主要地位：教师、记者、职员、律师……而诗人更像拥有某种嗜好者的绰号，并不具有正式的社会学意义，似乎只能寄身于这些为他们提供饭碗与尺蠖似的保护色的职业。而正式的诗人，通常是在专门的由政府主导的作家组织之中。在社会学的框架里，业余诗人之业余的主要意义并不是指他们利用业余时间从事写作活动，甚至也不是指某些专业程度存在严重不足的写作实际，而是指某些微弱的非法性。

在具体生活之中，诗人的影响，包括通过作品发散的影响，可能只发生在有限的范围之中，即通常所说的圈子。影响通过作用于此而间接地作用于社会。而在广大的圈子里，影响趋少或无，充其量是话题，是点缀，而极端的，则沦为玩笑或者戏耍的对象。欣喜的是，互联网、微博，正在扮演一个扩大之中的布鲁姆斯伯里文化圈子的角色。

诗人天生就是自由派

虽然多数诗人自动远离意识形态，但是坚持一种朴素的自由派的认识却几乎是一种共识，这当然包括对亚洲公共知识分子的体认和仰慕或者明里暗里的支持：反乌托邦，强调公正……这可能与以哈维尔为代表的东欧思想的传入与以阿伦特为代表的欧美力量的启蒙有关。换句平常的话说就是，诗人天生就是自由派。

自由派往往与左派相提并论，而实际的左派则表现出错综复杂的形态：一部分与国际合流：宪政的，市场经济的，反战的；一部分面目混淆：激进的，民族的，从极端时代寻找政治根据；一部分自我命名为"右派"——这与1957年"反右运动"有关。"右派"之保守并不体现在维护现有秩序上，而是坚持开明的来自所谓的旧世界的观念。他们其实是真正意义的左派，即从自由表达和关注民生开始，以追求公义为社会诉求。

在不能辨析的情况下，坚持一顶帽子或者一种标签并无意义。不如提问更有价值：你喜欢自由表达吗？你喜欢所有人都过好日子吗？你喜欢和"贱民"平等吗？问得怪异，但不如此不足以体现它所隐瞒的残酷性：人的平等是难的,无论经济地位还是精神地位。

　　只有朴素的诗人才不会陷入修辞左右的极端政治,只有怜悯的,思考的诗人才不会轻易相信:诗是一种对抗政府的武器——这么俗套的认识完全出于对诗异端特质的误解。正如诗可以轻松地批评一个阴影,它也同样可以沉重地赞美一个阴影。

　　7 月 23 日的动车事故,对每一个诗人而言,不仅是惨痛的现实,同时也是一个写诗的机会,一个表达政治意见的机会,一个记录历史现场的机会。为此而写的诗应该超越李绅的《悯农》,而接近加里·斯奈德的《1954 年夏天迟到的大雪与伐木工人罢工》,从而抵达真正的深度。而政治可能只有一个阐释的深度,而没有事实与态度构成的复合基础。

　　诗,更多的只是一个显示,说不上是建设性的还是破坏性的。显示存在的信息,事实,在叙事之中;显示真正的情绪以及想象,在戏剧性的改造之中。坚持彼此怀疑的政治;保留各自分歧的美学,正如东欧的米沃什们,欧美的左派们正在做的。其中的复杂性也必须正视:罗伯特·洛厄尔比奥登更有创新的活力,而他对东欧移民的粗暴也是人所共知的。

　　与专业知识分子不同,诗人并不能提供真正的政治、经济图景的规划。如果一味行之,会适得其反:庞德对高利贷的反抗是如何与卑劣的解决途径嫁接的实在值得深究。那么怎么预防呢?强调专业的差异性?诗人可能更适合表达公民心愿、个人体验而非专家意见。当然这不意味着诗人放弃监督的权利。艾略特说过,作家应警惕政治家和经济学家,这是"为了批评与警告的目的,因为政治家和经济学家的决策和行为可能会产生文化上的后果。"

　　因此,诗人的所有努力都是美学意义上的,尽管有许多的社会内容。这就意味着他们同时可能拥有更多的兼职:新闻记者,或者时事评论员,甚至社会改革者,或者意见领袖,而且因为表达方式过于突出,而使他们从表面上看起来比任何一个维权律师更激进。

　　对真实的追求,并不妨碍诗具有作为历史见证的隐晦优势。可以就此讨论隐晦表达的正义性、合理性、超前性;隐晦表达的基本构成,人事典故与相关修辞,面具理论与语言密码。四种预期的读者反应,反过来也会影响隐晦的设置,它们是:同类呼应;直接启蒙(从表面引向深处的可能);信息显示(或者显示一种存在);没有反应——诗人们根本不必为此焦虑,北岛 7 月 20 日在《古老的敌意》的演讲中也表达了类似的意思。

诗歌参与的启蒙

以诗人身份参加社会实践值得鼓励,而把写诗作为一种改革社会的方式,则存在太多的风险,不仅来自于政治压力,也来自于美学压力。而作为诗歌类型的"时事诗"早已存在。无论山东自焚民工,还是伊拉克战争,无论汶川的地震还是北京的奥运,无论阿拉伯变革还是日本核污染,均已引起复杂的诗歌反应。诗人必须选择,并为自己的选择负责。而时事诗,可以换成备受语义污染的政治诗,显示节制尺度的介入诗,它们作为相互交叉的诗歌类型,包括三个方面的共同内容:反省政治正确;反思大众与权威;显示并评论新闻。

或者以诗调解人与人之间的相爱问题,而且不能以幼稚或者浪漫名之,因为有时进行的调解不是发生在一个男人和一个女人之间,而是在一个局长和一个锅炉工之间。这就决定着表达个人遭遇以及街边物象的复杂性,且不说弘扬批判诗与颂扬诗这样的小传统问题。一般来说,坚守批判诗的传统比较保险,而颂扬诗就没那么简单了,因为它不仅要求更多的写作能力,而且需要更为强大的内心支撑,甚至是灵魂与信仰的双重保证。所以在你没有把握的时候,颂扬一个弱势的,反抗的东西,可能是保险的,而颂扬一个强势的个人或者集团,则意味着你即将面临道德的深渊。何时才能写出一首类似斯奈德那样不仅具有高超技巧,且能表达出清醒的个人认识的颂扬诗?这是一个潜伏的愿望。在个人能力未逮之际,写自己暂时能写的东西,同时不要把自己现在写不了的东西,当作根本不能写的东西。

写什么不重要,怎么写才重要。不论采用暗示的,记录的,隐喻的,象征的方法,还是像一个调查记者或者具有历史意识的小说家一样,深入新闻事件或者历史档案之中,显示真实信息,揭示来龙去脉,表达来自各个方向的潜在欲望和粗俗本能。

在任何条件都不具备的时候,可以尝试右面的分数值:诚实/道德,形式/美学,个人生活/独立性。这就是为什么在二十世纪八十年代,文学为了谋求独立性,而以形式为衡器向意识形态表达分离意愿的主要原因。只有当独立性具有一定的保证之后,在书写真实的能力初步具备之后,在构造多元美学成为一种普遍意识之后,才有可能在严格的形式控制之下将社会性或者政治性请回来,参与现代诗的综合变革。

需要注意的是,同样的词在不同的语境中具有不同的语义,如社会性,人民性。这就是强调常识的重要原因。而文学教育则是一个更为复杂的领域。

被瓦解被收买的知识分子无甚可谈。真正的考验却是:如果诗人具有被收买的价值呢?何去何从?指望饭局交流,指望官僚研讨或者学究论坛?不排除真知灼见的闪现,更多的则是难以忍耐的痛苦。但也因为更多的禁忌,从而创造出对应的要求新式表达的机会。

诗人表达与公民表达,谁更有社会效应?一个公民的诗与一个诗人的诗,仅仅存在技术差异?正如罗伯特·冯·霍尔伯格说的:"如果政治诗人一开始就考虑到从诗人而非公民的角度创作,应该给予其盟友和敌人非同寻常的深刻理解的话,他们的作品也许比事实上会更有意义。"所以介入并非诗人的要务,而是公民的要务。而且公民的责任不必在诗里实现,比如布罗茨基、米沃什、阿多尼斯、达维什,我的朋友们……在诗里诗外所做的。我曾因自由选择之故而忽略公民义务的问题,现在我想抓住这个机会做出纠正。当然我也没有忘记一个诗人真正的义务:写诗以及实现相关的艺术抱负。

2011.7.24-26

翻譯
TRANSLATION

詩 | Poetry Construction
建设

阿多尼斯（1930 年—），叙利亚诗人、思想家、文学理论家、翻译家、画家。迄今共发表《风中的树叶》、《大马士革的米赫亚尔之歌》、《这是我的名字》等 22 部诗集，并著有文化、文学论著近 20 种及部分译著。曾获布鲁塞尔文学奖等多项国际大奖。2009 年 3 月，阿多尼斯首部中译本《我的孤独是一座花园》由译林出版社出版。

阿多尼斯诗选（20首）

朱永良 译

日 子

我的眼睛倦了,厌倦日子,
厌倦毫无在意的日子。
那么,有我必须
穿过日子的
一堵又一堵墙
去寻找的另一个
日子吗? 有另一个日子吗?

幻象 1

戴上烧过的木头面具
哦,火和神秘的巴别塔。
我等待来临的神
用火焰装饰,
佩戴着出自
海洋之肺的

窃于牡蛎的珍珠。
我等待感到困惑的神
愤怒,哭泣,鞠躬和发光。
你的脸,哦,米赫亚尔,
预告将来临的神。

火之树

河边的那棵树
在为树叶流泪。
它用不断的泪水
撒满河岸。
它对河宣读
它的火的预言。
我是没有人
看见的最后的
树叶。
我的民族
已死,像火一样地
熄灭——了无踪迹。

死 亡

我们死去,除非我们创造众神。
我们死去,除非我们谋杀众神。
哦,令人迷惑的岩石的王国。

孤 儿

一个恋人滚动在地狱的黑暗里
像一块石头,那就是我。

但我发光。
我与女祭司们约会
在古老神祇的床上。
我的话语是使生命不安的暴风雨，
而火花是我的歌。
我是为一位神将到来的一种语言，
我是灰尘的魔法师。

你是谁？

一只有着我的眼睛
和恐惧的蝴蝶折磨我的歌。

"你是谁？"
"一支丢失的矛，
一个幸存的没有祈祷者的神。"

饥饿的人

他在书中描写饥饿——
群星和道路——
用风做的手帕
覆盖书页。
我们看见
仁慈的太阳轻抬它的眼皮
我们看见黄昏。

死 神

今天我烧掉了星期六的幻景，
星期五的幻景。

今天，我丢掉家庭的面具。
我用一个死神调换了
盲目的石头之神，
和七日之神。
月亮

一轮异教的月亮
照进一位先知祈祷者的壁龛。

炼金术之花

我必须旅行到灰烬的天堂
散步在它隐秘的树林中。
在灰烬、神话、钻石和金羊毛中。

我必须旅行穿过饥饿，穿过玫瑰，朝向收获。
我必须旅行，必须休息
在孤儿般嘴唇的弓形下。

在孤儿般嘴唇的弓形上，在受伤的阴影中
那古老的炼金术之花。

花 粉

有时原野长出指甲，
这么多，使原野渴望水。

*

冬天的孤独
和夏天的短暂
被春天的桥连接。

*

声音是语言的黎明。

*

灰尘是一个
没有跳舞的身体
除非与风在一起。

花粉 Ⅱ

自然不会变老。

*

我感谢时间
它忍受我在它的怀抱里
并抹去每条我选择的道路。

*

张开你的臂膊。
我愿意看见
我的回忆
在它们之间发抖。

艾布·努瓦斯①

语言的魔力——言语的血液——
天空一条大道。
那么我呢？一位打扰天空的

纯粹的过路人。

注①：艾布·努瓦斯（Abu Nuwas）（约747/762～约813/815），阿拉伯阿拔斯王朝前期（750～835）的重要诗人。

在你和我的眼睛之间

当我使我的眼睛沉溺于你的眼睛里，
我瞥见最深奥的黎明
并看见古老的时代；
我看见我不理解的事物
并感到宇宙流动在
你的眼睛和乌有之间。

爱的房子

我爱你
仿佛全部感情是我的一面镜子
我爱你
哦，从你的嘴唇构造我的心进入
道路和房子，我怎么删除这么多
悬着它像一朵云在云层之上
当然喽，我把你与美等同，让幻想发芽
当然，当然
我爱你
你的眼神移开
它已被充满
你的头发像雪的瀑布倾泻在你的肩头
编织着辫子，打结或松开
我感到时间在我的眼中融化
凝固和混乱
犹如寂静。

命名的开始

我们已经以剑的名义
命名每个地方
并开始用白垩石

造一轮月亮，
用割下的头造森林，
用尸体的夜晚造星星。

我们已创造一个纯粹的物的王国。

道路的开始

他读出每一天像一本书
并看到世界犹如一盏提灯
在他的狂暴的夜晚。
他看到地平线向他走来
犹如一位朋友。
他读出方向
在诗歌和火焰的脸上。

空间的开始

大地的躯体预言火，
水；它的迫近的命运。

　　　这是为什么，风进入棕榈树林
　　　为什么空间成为一个女人？

遭遇的开始

一个男人和一个女人：
在他们内心一块簧片遇见叹息
雨遇见灰尘
　　　护堤崩溃
　　　窒息的语言燃烧。

我问道：我们的哪个人是追近的云
哪个人是悲哀的笔记本？
　　　你的眼睛一片荒凉
　　　你的脸没有听到询问。

我是夜晚真正的尽头。我开始爱
所以我能投入夜晚的降临
并说
一个男人和一个女人
已遇见
一个男人和一个女人。

名字的开始

我的日子是她的名字

梦想，当天空失眠
　在我的悲哀上，是她的名字
困扰是她的名字
和婚礼，当凶手和祭品拥抱时
是她的名字。

我曾唱到：每一朵玫瑰
　当它累了，是她的名字

当它旅行,是她的名字。

道路的尽头,它的名字改变了吗?

旅行的开始

遭遇来临,太阳浸泡在它们里
遭遇离去,创伤展现在它们里
我再也不认识树的枝杈
也不要风想起
我的容貌　　这是我的未来吗?
情人期待火焰。
对旅行的渴望在她的脸上升起
他驶入她之中。

阿多尼斯："阿拉伯的超现实主义者"

朱永良

　　1970 年，阿多尼斯被授予"国际诗坛叙利亚—黎巴嫩奖"，同时，匹兹堡大学出版社与之呼应出版了他的诗选《阿多尼斯的血》，这可被视为他在英语世界获得了初步的名声，也是他逐步产生广泛影响的开始。如今，在这个文学几近衰落的时代阿多尼斯已成为在世界上具有卓越声誉的寥寥可数的大诗人之一。

　　阿多尼斯原名阿里·阿赫迈德·萨义德，1930 年出生在叙利亚濒临地中海的一个村庄，受到父亲的启蒙学习、背诵《古兰经》和古老的阿拉伯诗歌，为他埋下了热爱诗歌的种子。后来，他幸运地进入了一所法国人在叙利亚办的中学学习，接下来在五十年代初又进入大马士革大学学习哲学并对阿拉伯的神秘主义——苏菲派深有研究。这期间，他开始用阿多尼斯这个名字发表诗，在写诗的手法上由传统转向革新。上世纪四五十年代的阿拉伯文学中的诗歌正开始一场由传统走向现代的革命，阿多尼斯是其中的主要人物。1955 年，因参与政治活动被捕入狱，第二年阿多尼斯被迫逃往黎巴嫩，这时他和妻子哈丽达·萨莱赫刚结婚不久。此后二十多年，阿多尼斯一直住在黎巴嫩首都贝鲁特，直至八十年代初黎巴嫩发生内战他逃往巴黎。

　　在阿多尼斯的文学生涯中，1956 年是个重要的转折。这一年，他与一位黎巴嫩诗人共同创办了文学杂志《诗歌》，这份杂志成为阿拉伯诗歌革新的重要阵地，成为新诗（自由诗）发表的重要舞台。

阿多尼斯不仅是诗歌活动家，更是一位杰出的诗人。1961年，阿多尼斯出版标志着他独特风格形成的诗集《大马士革的米赫亚尔之歌》（《阿多尼斯的血》中大多数的诗都出自这本诗集），诗集中充满了阿拉伯的神秘、传统和西方的神话与文化，许多诗是对生与死和存在意义的沉思，其中写作上最为重要的特征是阿多尼斯将超现实主义技巧和暗示、象征等手法融为一体，形成了自己独特的风格，使得他后来的创作都在这一风格的背景下展开。他的诗是舞蹈的词，音乐的句子，优美、节制而有张力。

在《大马士革的米赫亚尔之歌》中，阿多尼斯用许多首诗塑造了一个充满神秘的人物——米赫亚尔，比如这首诗：

一位国王，米赫亚尔

米赫亚尔，那位国王……
活在一个服从于他的言语的
城堡、花园和日子的梦里。

一个声音，埋葬了……
米赫亚尔的，那位国王的……
他统治风的王国
并保持他的秘密。

他塑造的是一位神秘的国王，其中似乎都超越现实又会让人联想到现实，读它是愉悦的，其中的象征意味也清晰可辨。米赫亚尔在历史上确有其人，他是十一世纪时的伊朗诗人，同时这个词又有悬崖或深渊的意思，当然，阿多尼斯借用这个名字塑造了一个完全属于他的诗歌的人物形象，一个迷人的形象。在另一首诗中他又这样写到："米赫亚尔是钟声／在屋外回荡／……米赫亚尔是流浪者的钟声／在这加利利的土地上。"他还写出了这样奇异的诗句"米赫亚尔是一首诗／用光／击伤那坟墓的夜晚"。其实，在这本诗集中每一首关于米赫亚尔的诗都在描写这一人物的肖像的不同侧面，一个主题的不同变奏。

法国的超现实主义满是潜意识、非理性、文学革命、道德革命等等，但阿多尼斯的诗既超现实又具象征性，不拒斥意义的表达和联想,这使他更多地从文学传统中获益,同时他似乎又倾向于理性的价值,加上节制的风格,使他的声音不同寻常。有良好鉴赏力的读者都会体验到,一位好的诗人就是一位风格独特的诗人,而这样的诗人往往总是少数。说阿多尼斯在写作风格上节制,是因为他早期的诗歌篇幅都相对短小(即使后来写的长诗仍具有短诗的优点),诗句充满跳越、暗示和联想,比如只有两行的诗《月亮》:

> 一轮异教的月亮
> 照进一位先知祈祷者的壁龛。

这无疑是首短诗杰作,可感受的东西很多。首先,存在异教的月亮?但人们知道新月是伊斯兰教的一个重要符号。如果那个壁龛是一位穆斯林的,他在里面放什么呢?要知道伊斯兰教不主张偶像崇拜,其中有着令人着迷的悖谬。阿多尼斯还喜欢从西方文化中汲取营养、传统和现代活力。比如,他使《圣经》或古希腊神话的题材为己所用,并使之叠出新意。他写有一首题为《亚当》的诗:"平静地窒息 / 充满痛苦,/ 亚当对我低声说过,/'我不是世界 / 之父。/ 我没有 / 瞥见过一眼天堂。请把我带给上帝。'"亚当在这里否认自己是人类的始祖,他说自己没有见过天堂,要是他没有见过谁还能见过呢?或者说谁还能见到呢?类似于哲学沉思的特征在阿多尼斯的诗中不时地呈现,超现实主义的技艺与象征手法的揉和使这一特征带有了趋向神秘的风格。

关于将古希腊神话的题材,在《大马士革的米赫亚尔之歌》这本诗集中就有《给西绪福斯》、《奥德修斯》等诗,下面来看《给西绪福斯》一诗:

> 我发誓在水上写字,
> 我发誓容忍西绪福斯
> 他的沉默的岩石。
> 我发誓与西绪福斯呆在一起,
> 经受着狂热和火花,
> 并用失明的双眼寻找着
> 一根最后的羽毛
> 为秋天和草地

写出灰尘之诗。

我发誓与西绪福斯住在一起。

阿多尼斯在许多诗中都探讨命运,《给西绪福斯》这首诗也是如此,其实在水上写字和西绪福斯往山顶推石头都是一样的行为,最终都不过是与命运的抗争,用存在主义的话说是面对荒谬,而失明的眼睛是不能找到一根羽毛的,如此的行为体现了一种意志,一种对待世界的态度。

同时,在阿多尼斯的诗歌中充满着阿拉伯文学和阿拉伯文化的题材或主题,其中展现着创新与独特的感受。前面提到的关于米赫亚尔的诗、《月亮》就是例子,比如他还以最古老的史诗《吉尔伽美什》的主人公为题来表达自己的感受与沉思:

吉尔伽美什

在我自己和道路之间,在我前面——
是悲哀。
当我的国家开始缩小而我的希望
把我淹没时,我死了吗?
我的言语被消灭了吗?
现在我会说:"我也不是我自己。"
我会说:"我已创造完灰烬。"

读完这首诗会让人感到古老的苏美尔国王在阿多尼斯的笔下变成了一位哲人,甚至是一位现代的哲人,既有东方智慧又带有存在主义的语气。"我也不是我自己"、"我已创造完灰烬",能说出这两句话的国王无疑已达到了柏拉图所构想的哲学家国王的水准。他还有以阿拉伯文学史上的人物为题目的一些诗,比如《艾布·努瓦斯》、《给哈拉智的挽歌》等,这些表明他是一位尊敬传统的革新者,而非像法国的超现实主义前辈那样要完全摧毁传统,彻底地扬弃。

《大马士革的米赫亚尔之歌》标志着阿多尼斯超现实主义诗歌风格的形成,他已成为成熟的诗人和重要的诗歌革新者。自此之后,他的诗歌在不断探索中发展,但其超现实主义的色彩始终分外鲜明，构成他个人独特的声音。虽然诗人的创作会随着时间而变化，但多数诗人的风格在青年时期就奠定了或完成了，因为一个诗人获得自己的风格简直可以说是一种命运的赐予，如在后来还能转变出不凡的新风格，那只能发生在天才和机遇的卓越相逢中，或许爱尔兰的叶芝是个范例。但阿多尼斯至今年逾八十仍笔耕不辍，有些像晚年的米沃什，又像一位诗歌英雄直面命运的荒凉。

　　阿多尼斯不仅是当代阿拉伯世界最重要的诗人，他还是一位杰出的批评家，对诗歌和阿拉伯文化进行独特的思考和研究。上世纪七十年代，阿多尼斯出版了《稳定与变化》一书，它是一本评论阿拉伯文化与社会的巨著，其中呈现了作者对阿拉伯文化传统的洞察力，表现了对渴望阿拉伯文化与社会变化的深思。九十年代中期，他还出版了《苏菲派和超现实主义》一书，其中对比探讨了诸如知识、想像、爱、写作、审美的尺度、创造与形式等等主题。他已出版有法文文集，去年耶鲁大学出版社又出版了厚达四百多页的《阿多尼斯诗选》，这是他被译成英文的最重要的诗选集。

　　阿多尼斯还是近年来诺贝尔文学奖热门的候选人，其声誉在阿拉伯世界以致整个世界文坛都十分卓著，有一位批评家中肯地称他是一个"阿拉伯的超现实主义者"。

图书在版编目（CIP）数据

诗建设. 3/泉子编. – 北京：作家出版社，2011. 12
ISBN 978 – 7 – 5063 – 6122 – 4

Ⅰ.①诗… Ⅱ.①泉… Ⅲ.①诗集 – 中国 – 当代　Ⅳ.①I227

中国版本图书馆 CIP 数据核字（2011）第 226480 号

诗建设 3

主　　编：泉　子
副 主 编：胡澄　江离　胡人　飞廉
责任编辑：贺　平
封面设计：金三山
装帧设计：曹全弘
出版发行：作家出版社
社址：北京农展馆南里 10 号　　　邮编：100125
电话传真：86 – 10 – 65930756（出版发行部）
　　　　　86 – 10 – 65004079（总编室）
　　　　　86 – 10 – 65015116（邮购部）
E – mail：zuojia@ zuojia. net. cn
http：//www. haozuojia. com（作家在线）
印刷：北京谊兴印刷有限公司
成品尺寸：170 × 240
字数：250 千
印张：15.75
版次：2011 年 12 月第 1 版
印次：2011 年 12 月第 1 次印刷
ISBN　978 – 7 – 5063 – 6122 – 4
定价：25.00 元